MACHTMISSBRAUCH

Tot in Wolfenbüttel

Manfred Breddermann

MACHTMISSBRAUCH

Tot in Wolfenbüttel

IMPRESSUM

2017 - Manfred Breddermann

1. Auflage

ISBN: 9 783746 012339

Herstellung und Verlag:

BoD - Books on Demand, Norderstedt

Alle Rechte liegen beim Autor

TEIL I

Der unbekannte Täter

Dienstag, 29. August

Als Kommissar Mark Bergner gegen 9 Uhr das Chefbüro der Firma Rüter betritt, sind die beiden Kollegen vom pathologischen Institut bereits anwesend und offensichtlich auch schon mit ihrer Arbeit fertig. Auch die Spurensicherung ist schon da.
Vor ihm sitzt ein toter Mann auf dem Fußboden, mit dem Rücken gegen eine Wand gelehnt. Die Beine ausgestreckt, die Arme hängen leblos herab und der Kopf ist auf die Brust gesenkt. Wenn das viele Blut nicht wäre, könnte man meinen, es wäre eine Schaufensterpuppe, die an der Wand abgesetzt wurde.

Man hatte schon auf ihn gewartet und Kommissar Bergner lässt sich die ersten Ergebnisse berichten.
„Die Todesfolge ist eindeutig eine Schädelfraktur, durch Aufschlagen des Hinterkopfs auf eine Kante der Fensterbank"
„Unfall oder Fremdeinwirkung?"
„Auch dazu kann man jetzt schon etwas sagen, mit großer Wahrscheinlichkeit war es eine Fremdeinwirkung. Offensichtlich mit einem Schlag ins Gesicht, genauer gesagt auf die Nase, mit Nasenbeinbruch und entsprechender Blutung"

„Sie vermuten also keinen Mord, sondern eher eine Körperverletzung mit Todesfolge?"

„Ganz richtig, aber legen Sie uns nicht fest, wir werden das noch eingehend überprüfen".

„Können Sie schon zum Todeszeitpunkt etwas sagen?"

„Auch das müssen wir noch überprüfen, wir schätzen den Zeitpunkt auf gestern Abend, also vor circa 10 bis 12 Stunden".

„Was ist mit Fingerabdrücken oder sonstigen Hinweisen, wurde etwas gestohlen?"

„Das werden wir noch überprüfen, zunächst konnten wir noch nichts Auffälliges feststellen, seine Brieftasche steckte noch in der Jackentasche".

Einer der Polizisten kommt jetzt zu Bergner und informiert ihn, dass er heute Morgen den Toten gefunden hat.

„Es ist Herr Rüter, der Inhaber des Bauunternehmens. Seine Frau rief mich heute früh gegen 7 Uhr an, ihr Mann sei diese Nacht nicht nach Hause gekommen, was er noch nie gemacht habe. Es müsse ihm etwas passiert sein. Ich möchte doch bitte im Büro nachsehen, sie müsse die Kinder erst unterbringen".

Er berichtet dann weiter, dass er mit einem Kollegen zum Büro gefahren ist. Die Eingangstür war verschlossen, das Rolltor zum Hof war aber nicht zugeschoben. Auf dem

Parkplatz stand nur ein Auto, vermutlich Rüters Wagen. Als sie dann nach einem zu öffnenden Fenster suchten, um ins Büro zu gelangen, bemerkten sie, dass in einem Zimmer noch Licht brannte, obwohl es schon taghell war. Sie beschlossen jetzt die Eingangstür aufzubrechen. Aber das wurde nicht erforderlich, da inzwischen der erste Angestellte auftauchte und die Tür für sie aufschließen konnte.

„Was fanden sie jetzt vor, bitte genau", hakt Bergner nach.

„Im Flur fiel uns sofort das beleuchtete Zimmer auf, die Zimmertür war weit geöffnet. Im Zimmer selbst fanden wir dann den Toten. Ich habe nach dem Puls gefühlt und sonst nichts angerührt. Die Türklinken haben wir abgesichert".

„Okay soweit, danke", gibt sich Bergner zunächst zufrieden. „Ist Frau Rüter jetzt auch hier?"

„Ja, im Zimmer gegenüber, sie wird von einer Kollegin betreut".

Vernehmen will er Frau Rüter aber jetzt noch nicht. Bergner begrüßt sie nur kurz und spricht ihr sein Beileid aus. Er möchte sie morgen zu Hause aufsuchen und fragt sie, ob ihr ein Termin um 10 Uhr recht sei. Ohne auf zu blicken, nickt sie nur abwesend. Wie zu erwarten, war sie wirklich noch nicht vernehmungsfähig.

Die Angestellten hatten sich in der Zwischenzeit im Flur versammelt. Bergner bittet sie in den Besprechungsraum.
„Mein aufrichtiges Beileid, dass Ihr Chef zu Tode gekommen ist. Wie das passieren konnte, müssen wir erst überprüfen, vielleicht können Sie uns dabei helfen. Ich erwarte Sie morgen früh um 8 Uhr wieder hier. Sobald Ihre Personalien aufgenommen sind, können Sie heute nach Hause gehen, oder auch noch dringende Arbeiten erledigen".

Bergner stimmt sich noch einmal mit den Kollegen der Polizei ab und fährt zurück in sein Büro in Braunschweig.
Unterwegs hängt er seinen Gedanken nach. Den befürchteten Mord in Wolfenbüttel gibt es also nicht. Das machte die Ermittlungen zwar nicht einfacher, aber irgendwie beruhigte ihn das doch. Er mochte dieses etwas verschlafene Städtchen. Er war in Wolfenbüttel aufgewachsen und lebte dort. Mit der alten Bibliothek, dem interessanten Schloss und dem vielen Grün, war Wolfenbüttel ein idealer, ruhiger Wohnort. Seitdem er vor circa fünf Jahren der Mordkommission in Braunschweig zugeordnet war, gab es auch tatsächlich kein Verbrechen,

für das er in seinem Heimatort ermitteln musste.

Sobald er an seinem Schreibtisch sitzt, informiert er zunächst den Staatsanwalt über die bisherigen Ermittlungen. Danach ruft er seine beiden Mitarbeiter zu sich und versucht gemeinsam mit ihnen den Tatbestand zu sortieren.

„Nach allem, was uns heute bekannt ist, müssen wir den Täter im Bekanntenkreis von Herrn Rüter suchen. Bisher gibt es keine Spuren eines Einbruchs und die Eingangstür war verschlossen. Entweder hat Herr Rüter den Täter selbst herein gelassen, oder es war ein Mitarbeiter. Völlig unklar ist mir das Tatmotiv und ebenso die Art der Tatausführung".

Die beiden Kollegen können dazu auch nichts beitragen. Nun hofft Bergner, bei den morgigen Vernehmungen, zumindest einige Hinweise zu bekommen.

Mittwoch, 30. August

Um 8 Uhr sind alle Mitarbeiter der Firma Rüter im Besprechungsraum versammelt. Nach einer kurzen Begrüßung, meldet sich Herr Kreuz zu Wort, er sei der kaufmännische Leiter und könne bestätigen, dass alle Angestellten anwesend sind. Bis auf zwei Bauleiter, die seit einiger Zeit in Urlaub sind. Aber auch die Sekretärin, Frau Hoffman, sei heute da, nachdem sie sich am Montag krank gemeldet hatte und gestern nicht dabei war.

Mark Bergner vernimmt sie alle einzeln im Nebenraum. Aber niemand hat etwas gesehen oder bemerkt und sie können auch keinen Verdacht äußern. Von Frau Hoffmann erfährt er, dass sie sich bei der Geburtsfeier am vergangenen Freitag wohl den Magen verdorben hat und ihr schlecht war. Herr Rüter sei so freundlich gewesen, sie nach Hause zu fahren. Mit Herrn Kreuz verabredet sich Herr Bergner um 12 Uhr.

Vorher fährt er gegen 10 Uhr zu Rüters Wohnung. Der Bungalow liegt am Stadtrand von Wolfenbüttel, umgeben von einem parkähnlichem Garten. Die vielfarbige Blumenpracht, die einladenden Sonnenschirme und das intensive Grün der Bäume und Sträucher stehen im krassen Gegensatz zu dem, was im Inneren des Hauses auf Bergner wartet.

Als er dann Frau Rüter gegenüber sitzt, kommen ihm Zweifel, ob er sie heute vernehmen kann. Wie ein Häufchen Elend sitzt sie da. Die Tränen waren wohl ausgeweint, aber das blasse Gesicht mit den geröteten Augen bittet ihn, Rücksicht zu nehmen. Er lässt sie erzählen, wann sie ihren Mann zuletzt gesehen und gehört hat, stellt dann aber keine weiteren Fragen.

Ihr Mann hatte sie am Montagabend gegen 20 Uhr angerufen, dass er noch etwas erledigen müsse, aber spätestens in einer Stunde zu Hause wäre. Sie hätte dann vergeblich auf ihn gewartet und um 7 Uhr bei der Polizei angerufen. Die Tat muss also nach 20 Uhr erfolgt sein. Das entspricht den Schätzungen der Pathologie, aber das bringt ihn auch nicht weiter. Alle Vernehmungen sind bisher ins Leere gelaufen. Nun hofft Bergner bei Herrn Kreuz noch etwas mehr zu erfahren, eventuell aus dem Geschäftsbereich.

Aber auch hier gibt es keine neuen Hinweise. Es gab zwar genügend Konkurrenzfirmen, aber selbst bei der Konkurrenz genoss wohl Herr Rüter ein gutes Ansehen. Rüter war in einigen übergeordneten Gremien tätig, wo er die Interessen seiner Branche vertrat. Aber auch in der Stadt war Rüter ein angesehener Unternehmer. Er war im Stadtrat sehr aktiv und hatte in diesem Jahr die neue Einrichtung des Kindergartens gespendet. Der Name „Rüter" ist Mark Bergner auch bekannt, er hat Herrn Rüter aber nicht persönlich kennen gelernt.

Bergner lässt sich von Herrn Kreuz noch die vollständigen Personalakten geben und fährt enttäuscht wieder nach Braunschweig. Wer hatte einen Grund, diesem tadellosen Menschen die Nase einzuschlagen?

Montag, 04. September

Mark Bergner war in den vergangenen Tagen nicht weiter gekommen, es gab keine Spur, die er verfolgen konnte. Sein Chef wurde schon ungeduldig und die Presse wollte mehr über den Fall wissen. Er musste ganz von vorn wieder anfangen, irgendwo muss doch ein Anhaltspunkt zu finden sein. Der Hintergrund musste etwas sein, von dem er bis jetzt noch keine Ahnung hatte, aber wo anfangen zu suchen?

Er stellt sich noch einmal den Tathergang vor. Wer schlägt jemanden mitten ins Gesicht und warum? Nach einer geschäftlichen Auseinandersetzung sieht das nicht aus. Einen Kampf hat es auch nicht gegeben. Keine weiteren Kratzer oder blaue Flecken waren an der Leiche entdeckt worden. Einen versuchten Totschlag muss man ausschließen, dafür hätte der Täter einen Gegenstand benutzt. Hier gab es nur einen gezielten Faustschlag und dann vermutlich einen flüchtenden Täter. Also bleibt nur ein Racheakt oder eine Bestrafung über, allerdings mit katastrophalen Folgen.

Bevor er diese Gedanken weiter verfolgen kann, klingelt bei Bergner das Telefon: „Wir haben hier einen weiteren Toten, kommen Sie umgehend zur Kläranlage" meldet sich das Polizeirevier in Wolfenbüttel.

Bergner wird blass: „Zwei Tote in einer Woche und das in meinem Wolfenbüttel"

Unterwegs rattern seine Gedanken: „Kann es da einen Zusammenhang geben"? fragt er sich. Er hält dies für ausgeschlossen, erinnert sich dann aber, dass Rüter die letzte Kläranlage gebaut hat, und so mochte er nichts mehr ausschließen.

Die Kläranlage in Wolfenbüttel war Bergner sehr bekannt, sie war das einzig Negative in seiner Stadt. Die Kläranlage war am westlichen Stadtrand gebaut worden. Zwar ausreichend entfernt vom Wohngebiet, aber bei Westwind, und den gab es häufig, kam ganz Wolfenbüttel in den „Genuss" der besonderen Düfte. Und Bergner wohnte nicht besonders weit von der Kläranlage.

Als Bergner gegen 11 Uhr dort ankommt, findet er eine männliche Leiche, die teilweise mit Klärschlamm bedeckt ist. Ein Polizeikollege informiert Ihn. Der Klärwärter habe heute Morgen den Toten im Belebungsbecken gefunden und die Polizei angefordert, es sei der Chef der Kläranlage. In Absprache mit den Pathologen habe man die Leiche aus dem Becken geborgen und hier her gelegt. Bergner runzelt die Stirn, es ärgert ihn schon, dass vor seiner Anwesenheit die Leiche berührt und transportiert wurde.

Bei den üblichen Fragen, nach dem Todeszeitpunkt und möglicher Fremdeinwirkung halten sich die Pathologen diesmal bedeckt, das wäre erst nach der Untersuchung im Institut möglich.

Hier kann Bergner nichts Weiteres erfahren, bestimmt aber noch, dass die erkennbaren Rutschspuren am Beckenrand sorgfältig überprüft werden müssen.

Die Befragung der Mitarbeiter bringt auch keine weitere Erkenntnis zum Vorfall. Keiner hat etwas gesehen oder gehört. Einer von ihnen gibt Bergner jedoch einen Hinweis. Als er befragt wird, reagiert er abweisend: „Lassen Sie mich in Ruhe, ich weiß nichts, aber fragen Sie mal Frau Müller, die könnte was wissen"

Bergner erfährt noch, dass Frau Müller die Buchhalterin der Kläranlage ist. Er wird hellhörig und bittet Frau Müller zu einem ausführlichen Gespräch. Dieses Gespräch bringt aber nichts ein. Natürlich würde sie als Buchhalterin ihren Chef, Herrn Freund, besser kennen als die anderen Mitarbeiter. Aber im Zusammenhang mit dieser grässlichen Situation, wüsste sie auch nicht mehr als die andern.

Völlig unzufrieden fährt Mark Berger wieder zurück nach Braunschweig. Nun hat er womöglich einen zweiten Fall, bei dem er festsitzt und nicht weiter kommt. Es nagt an ihm der Zweifel an seinen kriminalistischen Fähigkeiten.

Dienstag, 05. September

Aber es kam anders, etwas besser. Als Bergner Dienstag früh in sein Büro kommt findet er eine Notiz auf seinem Schreibtisch: „Eine Frau Müller hat angerufen, und um Rückruf gebeten"
Bei seinem Rückruf bittet sie ihn, nach Wolfenbüttel zu kommen, sie könne ihm doch noch mehr erzählen.

Um 10 Uhr ist Mark Bergner bei Frau Müller und hört äußerst gespannt zu, was Frau Müller ihm nun erzählt.
„ Ich habe mir das noch einmal überlegt, es ist nichts Erfreuliches, was ich über Herrn Freund weiß. Aber da er jetzt tot ist, kann ich ihm auch nicht mehr schaden".
Dann entsteht ein sehr trauriges Bild von Herrn Freund. Als er seinen Bungalow fertig hatte, starb plötzlich seine Frau. Nun war er allein in seinem Haus.
„Ich sollte ihm da Gesellschaft leisten" fährt sie fort. „Er wollte mich auch heiraten, aber ich wollte nicht. Ich mochte ihn zunächst sehr gern, als er jedoch anfing, sich zu betrinken und sich in diesem Zustand richtig eklig verhielt, habe ich die Freundschaft beendet. Das hat ihn sicherlich tief getroffen, aber dass er

sich deshalb umgebracht haben könnte, das glaube ich nicht".

„Was glauben Sie denn" fasst Bergner nach, „Vermuten Sie noch andere Gründe"?

„Ich vermute, dass er auch größere Schulden hatte, er machte manchmal solche Andeutungen. Wir hatten uns schon gewundert, dass er sich solch ein teures Haus leisten konnte, wo er sonst häufig knapp bei Kasse war und Gehaltsvorschüsse benötigte".

„Was wissen Sie über eine Verbindung von Herrn Freund zu Herrn Rüter"? platzt etwas zu heftig Bergner dazwischen. Frau Müller ist irritiert und sieht ihn fragend an: „Was soll das jetzt"? Bergner entschuldigt sich, es sei ihm so rausgerutscht, diese Frage hätte ganz besondere Wichtigkeit für ihn. Frau Müller wird etwas zurückhaltender, beantwortet aber die Frage.

„Natürlich kannten sich Herr Freund und Herr Rüter sehr gut, die Firma Rüter hat ja für uns einiges gebaut. Ob sie privat befreundet waren, weiß ich nicht. Der Tod von Herrn Rüter hat meinen Chef sehr getroffen". Mehr gibt Frau Müller nicht preis.

Bergner ist klar, dass er sich selbst das vermasselt hat. Er hat zwar einiges Neues erfahren, aber Frau Müller wusste noch mehr und möglicherweise sogar sehr Wichtiges.

Mittwoch, 06. September

Mark Bergner musste nun ohne Frau Müller weiter kommen. Wo hatte er noch einen freien Zugriff und wo brauchte er die Zustimmung des Staatsanwaltes für eine Hausdurchsuchung?

Das Büro von Herrn Rüter war schon wieder freigegeben, es blieb ihm zunächst nur das Büro von Herrn Freund und dessen Wohnhaus. Bergner weist seine Mitarbeiter an, hier alles auf den Kopf zu stellen und irgendwie Auffälliges zu sichern. Gleichzeitig lässt er feststellen, bei welcher Bank und in welcher Form der Privatbau finanziert wurde. Er ist davon überzeugt, dass die Baumaßnahmen nicht normal abgewickelt wurden. Dafür braucht er aber Beweise, und die waren nicht so einfach zu finden. Im Büro und im Wohnhaus finden seine Mitarbeiter hierfür keine Hinweise.

Die Bank, die das Wohnhaus finanziert hat, wurde schnell gefunden. Aber auch deren Auskunft bringt Bergner nicht weiter. Die Finanzierung sei in der üblichen Form abgewickelt worden, Herr Freund habe das Haus von der Firma Rüter zu einem Festpreis von 340.000,- Euro bauen lassen, sein erforderliches Eigenkapital in Höhe von 30.000,- Euro habe er nachgewiesen. Alle Raten aus der Finanzierung seien bisher pünktlich bezahlt worden.

Bergner hat das Gefühl, dass er vor einem Geflecht steht, das er selbst nicht entwirren kann. Er braucht Hilfe, und die erhofft er von seinem Bekannten in Hannover zu bekommen, der ein erfahrender Architekt ist.

Freitag, 08. September

Zum verabredeten Termin um 11 Uhr sitzt Bergner seinem Bekannten gegenüber und deutet ihm seine Probleme an. Es ist nicht so einfach, die richtigen Fragen zu stellen, ohne Internes preiszugeben.

„Wie baut oder kauft man ein Haus ohne Eigenkapital"? fragt Bergner ganz allgemein.

„Das geht ganz einfach, wenn Käufer und Verkäufer sich einig sind". Bergner staunt: „Und wie geht das genau"? Sein Bekannter lächelt kurz und erläutert es dann:

„Als erstes muss man sich auf den tatsächlichen Preis einigen. In der Höhe des Eigenkapitals wird dann der Verkaufspreis erhöht. Die gleiche Summe stellt der Verkäufer dem Käufer für den Eigenkapitalnachweis zur Verfügung. Die Bank ist zwar verpflichtet, den Wert des Hauses einzuschätzen, aber im Bauwesen hat die Kostenschätzung einen großen Spielraum. Notfalls kann man auch die Baubeschreibung manipulieren, das heißt, einiges wird hochwertiger aufgeführt als es tatsächlich ausgeführt wird". Bergner ist fassungslos: „Und das geht so ohne Probleme"?

„Nicht ganz" beruhigt ihn sein Bekannter.

„Die äußere Abwicklung wird kaum Probleme machen, aber es kann ein internes Problem zwischen Verkäufer und Käufer bestehen bleiben. Hat der Verkäufer entsprechendes „Schwarzgeld" zur Verfügung, kann er den Betrag „verschenken", der Vorgang verläuft ohne Buchung und Gegenzeichnung. Wenn nicht, verbleibt eine offene Forderung gegen den Käufer, obwohl diese Forderung durch den erhöhten Verkaufspreis bereits abgegolten ist".

Das ist insgesamt fast schon zu kompliziert für Herrn Bergner, das muss er erst einmal verdauen. Aber eins geht ihm schon durch den Kopf, waren das vielleicht die Schulden, die Herrn Freund verzweifeln ließ? Und hat Rüter Ihn möglicherweise damit erpresst?
Mark Bergner muss die Chance nutzen, von seinem Bekannten noch mehr zu erfahren.
„Wie kommt man unauffällig an gewünschte Aufträge, wenn der Auftraggeber mitspielt"?, ringt sich Bergner zu einer weiteren Frage durch.
„Hast Du immer noch nicht genug", grinst sein Bekannter.
„Nun gut, das kann ich Dir schneller erklären. Auch hier wird die Bausumme künstlich erhöht und wenn Du bei Deinem Pauschalangebot die Erhöhung weg lässt, bist Du der günstigster Bieter, ohne etwas nachzulassen".
„Bitte doch etwas ausführlicher, sonst kapiere ich das nicht", bittet Bergner.

„Also, noch mal von vorn. Alle Bieter erhalten die gleiche Ausschreibung mit vorgegebenen Mengen, für die die Preise einzusetzen sind. So entsteht das Angebot. Den Auftrag erhält der preisgünstigste Bieter. Abgerechnet wird der Auftrag über die dann tatsächlich ausgeführten Mengen, nach gemeinsam erfolgtem Aufmaß. Als Nebenangebot gibst Du zusätzlich ein Pauschalangebot ab, das heißt, Du bietest die Gesamtleistung mit nur einem Betrag an, der dann auch für die Abrechnung gilt. Solche Nebenangebote sind üblich und fast immer zulässig. Jetzt wirst Du fragen, und worin liegt da der Effekt, es gibt ja auch ein Risiko dabei? Ja schon, das Risiko ist aber gering, wenn Du vorher weißt, welche Leistungen oder Mengen nicht ausgeführt werden müssen und Dein Pauschalangebot nur um diesen Anteil billiger machst".

Nach einer kurzen Pause und einem Schluck Kaffee fährt er dann fort:
„Da staunst Du, was man auf dem Bau so alles machen kann. Aber ich warne Dich, hinter jedem Pauschalauftrag schon ein Verbrechen zu sehen. Und wenn es tatsächlich so wäre, wirst Du es kaum herausfinden.
Es gibt viele andere Gründe, Pauschalangebote zu machen. Zum Beispiel ganz legal, wenn der Auftraggeber seine Ausschreibung unnötig

aufbläht, indem er den Tagelohnanteil zu hoch vorgibt oder die Mengen falsch einschätzt.

Es kann auch in die andere Richtung gehen. Ich habe erlebt, dass Auftraggeber ganz gezielt die Mengen in der Ausschreibung abgemindert hatten und dann den Unternehmer in einen Pauschalauftrag gezwungen haben.

Das sollte aber für heute aber genug sein, wie geht es Dir sonst so"?

Für Mark Bergner ist es jetzt wirklich genug, Das Privatgespräch dauert nicht lange. Er musste in Ruhe über Vieles nachdenken

Montag, 11. September.

Zum Wochenanfang versammelt Mark Bergner seine Mitarbeiter in seinem Büro. Er will noch einmal festhalten, welche Fakten bisher bekannt sind und welche Verdachtsmomente im Raum stehen. Beide Todesfälle sind bisher ungeklärt, wobei der Tod in der Kläranlage mit großer Wahrscheinlichkeit ein Selbstmord war. Sobald die Pathologen dies bestätigen, wäre er diesen Fall los. Die Aufklärung von geschäftlichen Manipulationen bei den Bauten war nicht seine Aufgabe, das würden Spezialisten weiter betreiben.

Für ihn blieb es jedoch wichtig, ob es Zusammenhänge zwischen den beiden Todesfällen gibt. Bei den Durchsuchungen im Büro der Kläranlage und im Wohnhaus von Herrn Freund wurde nichts Auffälliges gefunden. Die Menge von leeren Flaschen deutete auf einen Alkoholiker hin, aber das wusste er ja schon von Frau Müller.

Alles schien unantastbar zu sein, bis auf das Eigengeld für das Wohnhaus. Nach Auskunft der finanzierenden Bank, hatte Freund, ein Eigenkapital von 30.000,- Euro nachgewiesen. Wenn es zutrifft, was Frau Müller über ihn erzählte, dass er häufig Gehaltsvorschüsse benötigte, war das keine Ansparung.

Woher hatte er dieses Geld? Wenn er es nicht bar erhalten hat, müsste dies doch in den Kontenunterlagen zu finden sein. Der Ordner mit den Kontoauszügen liegt auf seinem Schreibtisch. Als er anfängt darin zu blättern, räuspert sich ein Mitarbeiter und meint: „Wir haben da drin auch schon gesucht, aber nichts gefunden". „Und das sagt Ihr mir erst jetzt", schreit Bergner seine Leute an. Wird aber sofort wieder ruhig und fragt: „Was habt Ihr nicht gefunden"? „Na ja, eben keinen Hinweis auf die 30.000,-, die Kontoauszüge beginnen erst mit der Bauabwicklung".

Bergner überzeugt sich noch einmal selbst und prüft die Kontoauszüge.

„Da fehlen einige davor, die hat er wohl vorsichtshalber entsorgt. Aber das war vergebliche „Liebesmüh", bei der Bank müssten die Kontobewegungen noch überprüfbar sein".

Es kostet wenig Mühe, bei der Bank den Inhalt der fehlenden Auszüge zu erfahren. Aber diese Auskunft war enttäuschend: Es gab nur eine Bareinzahlung über 30.000,- Euro von Herrn Freund selbst.

Bergner ist fest davon überzeugt, dass dieses Geld nur von Rüter kommen konnte. Nur wie kann er das beweisen? Die Beteiligten waren beide tot. Der einzig verbliebene Ansatz, war die Vernehmung von Herrn Kreuz, dem Buchhalter der Firma Rüter. Von Herrn Kreuz wollte Bergner ohnehin noch einiges erfragen. Für den nächsten Tag kündigt er Herrn Kreuz seinen Besuch an.

Dienstag, 12. September

Um 9 Uhr sitzt Mark Bergner, begleitet von einem Mitarbeiter, Herrn Kreuz gegenüber.
Bergner hat keinen Durchsuchungsbeschluss und ist auf die Kooperationsbereitschaft von Herrn Kreuz angewiesen. Er macht Herrn Kreuz aber klar, wenn er nichts zu verbergen habe, wäre es für ihn besser, ihm jetzt zu helfen. Im andern Fall, würde er mit einem Durchsuchungsbefehl wiederkommen.

Herr Kreuz hatte durch den Tod von Herrn Rüter jetzt die volle Verantwortung für die Firma. Sicherlich war er damit überfordert. Herr Rüter hatte die Firma sehr autoritär geführt, Herr Kreuz war nur der Buchhalter. Als Kaufmann hatte er im technischen Bereich wenig Ahnung, einen zusätzlichen Ärger mit der Polizei konnte er sich nicht erlauben. So tat er bereitwillig das, was Bergner von ihm einforderte.

Die Prüfung der Bauakten der letzten Bauten für die Kläranlage, überlässt Bergner seinem Mitarbeiter. Bergner interessieren vor allem die Geldbewegungen der letzten Jahre. Aus den Bilanzen ergibt sich, das Rüter in jedem Jahr größere Beträge privat entnommen hat. Aus den Privatkonten von Herrn Rüter sind die

Einzelbeträge aufgelistet. Die erwarteten 30.000,- Euro findet Bergner aber nicht, zumindest nicht in einem Stück. Neben verschiedenen, kleineren Beträge, gibt es jedoch eine Anhäufung von Beträgen mit 5.000,- Euro und das in sehr kurzen Abständen. Knapp 40.000,- hatte Rüter vor zwei Jahren entnommen. Davor und danach waren es wesentlich kleinere Summen.

Bergner ist überzeugt, dass in den 40.000,- der „gespendete" Betrag für Herrn Freund enthalten ist, aber beweisen kann er damit nichts. Das war schon sehr clever von Herrn Rüter arrangiert worden. Wenn Herr Rüter so vorsichtig handelte, gab es sehr wahrscheinlich auch keine Quittung mit einer Unterschrift von Herrn Freund. Rüter hätte dieses Geld ohnehin nicht wieder einfordern können, dann wäre das ganze Arrangement geplatzt. Es reichte so schon, Herrn Freund damit zu erpressen.

Diesen Verdacht behält Bergner für sich, versucht aber Herrn Kreuz etwas unter Druck zu setzen.

„In der Bauwirtschaft ist es doch üblich, sich für Aufträge erkenntlich zu zeigen. Mit welchen Geschenken haben Sie Herrn Freund beglücken können beim Bau der Kläranlage"?

Herr Kreuz zuckte zusammen und überlegte wohl, was er dazu sagen soll, oder muss.

„Na ja, die üblichen Geschenke zu Weihnachten, Kalender, eine Flasche Cognak und so was". Bergner ist damit aber nicht zufrieden:
„Herr Freund war doch ein besonders wichtiger Auftraggeber für Ihre Firma. Sie waren doch sicherlich bemüht, seine Wünsche heraus zu finden und Ihre Geschenke entsprechend auszusuchen".
Nun muss Herr Kreuz noch länger überlegen, man kann deutlich sehen, wie er mit sich kämpft. Dann gibt er sich einen Ruck:
„Nun gut, Sie werden es ja doch herausbekommen. Herr Freund war Witwer und fand wohl keine neue Partnerin. Er suchte sein Glück im Bordell. Unser Bauleiter, Herr Dreher musste Ihn begleiten und wir haben die Kosten übernommen".
„Ist Herr Dreher im Hause"? Herr Kreuz nickt.
„Dann bitten Sie ihn, auf mich zu warten. Ich möchte gleich in seinem Büro mit ihm sprechen".
„Herr Kreuz, noch ein paar Fragen. Gibt es von Herrn Rüter noch eine private Akte, oder sonstige Unterlagen. In seinem Büro hatten wir bei unserer Überprüfung nichts dergleichen gefunden"?
„Nicht, dass ich wüsste, in der Buchhaltung jedenfalls nicht".
„Und bei ihm zu Hause"?

„Das glaube ich nicht. Er hat alles hier im Büro erledigt, einen „Arbeitsschreibtisch" gab es in seiner Wohnung zumindest nicht".

„Noch etwas, in den Personalakten fiel uns auf, dass ein weiblicher Lehrling selbst fristlos gekündigt hat, das passiert doch selten. Kennen Sie die Gründe dafür"?

„Nein, die kenne ich nicht, sie hat auch nicht mit mir darüber reden wollen. Sie kam in mein Büro und sagte mir, dass sie nicht wiederkommt, mehr nicht. Sie hatte ihre Sachen bereits eingepackt, sagte dann nur „Tschüss" und verschwand".

„Schon etwas seltsam, aber noch seltsamer für mich, ist die weitere Gehaltszahlung über drei Monate".

„Dazu kann ich auch nichts sagen, das war eine Anweisung von Herrn Rüter, er war manchmal schon so großzügig".

„Gab es vorher schon einmal Ärger oder irgendwelche Auseinandersetzungen"?

„Nein bestimmt nicht. Fräulein Schröder war ein nettes, fleißiges Mädchen und bei allen beliebt. Wir alle haben ihr Ausscheiden sehr bedauert".

„Haben Sie hinterher noch einmal von ihr etwas gehört"?

„Nein, sie hat sich danach nicht mehr gemeldet".

„Gut, dann besuche ich jetzt Herrn Dreher, mein Mitarbeiter wird sich noch weiter mit den Bauakten beschäftigen".

Herr Dreher erwartet ihn schon misstrauisch.
„Entschuldigen Sie bitte, dass ich Sie hier überfalle, ich habe nur ein paar Fragen an Sie. Aber machen Sie sich keine Sorgen, dass ich Sie verdächtige, mit den beiden Todesfällen etwas zu tun zu haben. Ich möchte nur etwas mehr erfahren über das Verhältnis zwischen Herrn Rüter und Herrn Freund. Als zuständiger Bauleiter waren Sie doch ein Bindeglied für Beide".
Herr Dreher weiß noch nicht, wohin die Frage zielt. Er zuckt die Schultern und signalisiert sein Nichtwissen. Bevor er sich zu einer Antwort durchringen kann, wird Bergner direkt:
„Sie haben doch Herrn Freund betreuen müssen, sogar bis ins Bordell". Dreher schluckt:
„Wenn Sie es schon wissen, warum fragen Sie mich jetzt noch"?
„Ich möchte mir ein Bild machen können über das Verhältnis der Beiden, waren sie eng befreundet"?
„In jedem Fall so eng, dass Sie im Bordell „Lolita" Stammgäste waren" platzt es jetzt bei Dreher heraus.
„Ich dachte, das wäre Ihre Aufgabe gewesen"?

„Ich war nur der Fahrer für die Beiden, manchmal durfte ich im Bordell auch dabei sein".

„Das heißt, Herr Rüter bevorzugte Bordelle, das passt doch gar nicht zu seinem Image, zu seinem Ansehen als Chef"?

„Das konnte auch keiner vermuten, die Rechnungen liefen diskret über meinen Namen".

„Und hatten Sie dadurch schon Schwierigkeiten, ich meine im privaten Bereich"?

„Bis jetzt noch nicht, ich hoffe es bleibt auch dabei, das geht an Ihre Adresse".

„Keine Sorge, das Gespräch bleibt unter uns. Nur noch eine Frage, machen Sie auch die Kalkulation in Ihrer Firma"?

„Nur zum Teil. Wenn wir an einem Auftrag sehr interessiert waren, kalkulierte der Chef selbst und führte auch allein die Auftragsverhandlungen".

„Danke, das war es für heute. Wenn Ihnen noch etwas einfällt, rufen Sie mich bitte an. Und unterstützen Sie Herrn Kreuz bei technischen Problemen".

Bergners Mitarbeiter war jetzt auch mit der Durchsicht der Bauakten fertig.

„Und, konnten Sie etwas Besonderes entdecken"? fragt ihn Bergner.

„Nein und ja, die kalkulierten Angebotspreise liegen im normalen Bereich und sind keinesfalls überhöht, soweit ist alles in Ordnung. Wenn aber der Pauschalpreis im Nebenangebot um fast 10 Prozent niedriger liegt, frage ich mich, wie man damit zu Recht kommen kann. Ob die Mengen im Hauptangebot gestimmt haben, kann ich nicht nachprüfen. Bei einem Pauschalauftrag, werden die tatsächlichen Mengen ja nicht auf gemessen. Mich würde schon das Baustellenergebnis interessieren".

„Das bringt uns auch nicht weiter. Ich habe es so schon erwartet. Für eine Manipulation brauchen wir konkrete Beweise und die haben wir nicht". Bergner muss dabei an die Mahnung seines Bekannten aus Hannover denken, es ist schwer solche Machenschaften zu entlarven.

Bevor sie zurück nach Braunschweig fahren, begrüßt Bergner noch Frau Hoffman und will wissen, ob ihr noch etwas eingefallen ist, zu Ihrer Erkrankung und vor allem zum Tod von Ihrem Chef. Aber von ihr kommt nichts Neues.

TEIL II

Der verkannte Biedermann

Mittwoch, 20. September

Herr Dreher hatte bei seiner Vernehmung seinen Chef als Stammgast des Bordells eingestuft. Das war nun eine ganz andere Seite von Herrn Rüter. Es passte überhaupt nicht in das bisherige Bild eines Biedermanns. War das die Spur, nach der er bisher vergeblich gesucht hatte? Bergner wollte es wissen. Am späten Nachmittag fährt er mit einem Mitarbeiter zum Bordell Lolita.

Dieses Bordell war ihm nicht unbekannt. Vor einigen Jahren hatte er hier wegen eines Totschlages schon einmal ermittelt. Das Bordell Lolita lag in einem kleinen Nachbarort nördlich von Braunschweig, knapp eine halbe Stunde entfernt. Als sie in den Empfangsraum kommen, werden sie sofort von den wartenden „Damen" bestürmt und eingeladen. Bergner hat Mühe, sich als Kommissar auszuweisen. Er fragt nach der Chefin, die dann auch sofort erscheint. Die erkennt ihn sogar wieder und scheucht die „Damen" aus dem Raum.
Bergner bittet darum, die „Damen" zu sprechen, die die Stammgäste Herrn Rüter und Herrn Freund betreuen.
„Aber diese Herren kenne ich nicht, vermutlich waren sie unter anderen Namen hier" versichert glaubhaft die Chefin.

Bergner hatte sich beim letzten Firmenbesuch ein Foto von Herrn Rüter besorgt und das zeigt er jetzt ihr.

„Ja, den kenne ich gut, das ist Werner, ein häufiger und lieber Gast bei uns" erinnert sich die Chefin.

„Und kam er immer allein"? forscht Bergner weiter.

„Er brachte fast immer den Wilhelm mit, manchmal auch einen jüngeren Mann, aber dessen Namen kenne ich nicht".

„Sehr gut, dass sind die Herren, die ich meine. Und wie heißen ihre Betreuungsdamen"?

„Das sind Rita und Maria, soll ich sie holen"?

„Ja, aber bitte einzeln nacheinander".

Die Chefin holt erst Rita und später auch Maria herein. Aber weder von Rita noch von Maria kann Bergner irgendetwas über ihre Freier erfahren. Sie hätten sich kaum unterhalten, die Männer wollten nur ihre Liebesdienste in Anspruch nehmen. Sie wären zuletzt vor etwa 2 Wochen hier gewesen.

Bergner fällt auf, dass Beide auf junge Mädchen getrimmt sind. Die Eine trägt Zöpfe, die Andere hat einen Kurzhaarschnitt. Er lässt sich ihre Ausweise zeigen, aus denen jedoch hervorgeht, dass sie 22 und 25 Jahre alt sind. Dass sie sich als besonders junge Mädchen darstellen, könnte mit dem Image des Bordells zusammen hängen, eben eine „Lolita" zu sein. Aber überzeugt war Bergner davon nicht. Seltsamerweise waren die anderen Damen nicht auf besonders jung getrimmt. Auf Nachfrage bei der Chefin erfährt Bergner, dass insbesondere Herr Werner auf diese Darstellung Wert legt.

Über den Tod der beiden Herren erwähnt Bergner nichts. Von der Chefin versucht er über Rita und Maria mehr zu erfahren. Aber auch da kommt nichts mehr. Beide sind unverheiratet und nach Meinung der Chefin haben sie auch keine festen Verbindungen. Mark Bergner lässt sich noch die vollen Namen und die Adressen geben und bleibt mal wieder ohne ein brauchbares Ergebnis.

Freitag, 22. September

Die Freigabe der Leiche von Herrn Rüter hatte doch etwas länger gedauert. Jetzt, heute Morgen um 11 Uhr steht die Beerdigung an. Mark Bergner hat sich bedeckt gekleidet und mischt sich unter die Trauergemeinde. Er versucht unbemerkt zu bleiben. Wenn er erkannt würde, wäre das aber auch nicht auffällig, er gehört ja irgendwie dazu.

Der Andrang ist groß, viel Prominenz ist anwesend. Er will in die Gesichter seiner Verdächtigen sehen, wie reagieren sie am Grab ihres Opfers? Er konzentriert sich auf die „starken" Männer, denen er den Fausthieb zutraut. Über eine Weile sieht er nur die trauernden Mienen und die gesenkten Blicke. Dann fällt ihm ein junger Mann auf. Bergner ist zwar kein Psychologe, aber er hatte genug Erfahrung, um aus dem Gesicht und der Körperhaltung etwas abzulesen. Und das Gesicht des jungen Mannes zeigt keinerlei Trauer, eher Wut oder Verbissenheit. Er hört der Grabpredigt zu, ohne seinen Blick zu senken. Bergner behält Ihn im Auge und verfolgt ihn bis zur Straße.
Hier hatte der junge Mann sein Fahrrad abgestellt. Nachdem er das Fahrradschloss gelöst hat, tritt er heftig gegen den Reifen. Bevor er

losfahren kann, ist Bergner bei ihm und hält sein Fahrrad fest:

„Warum sind Sie so wütend, hat Ihnen die Predigt nicht gefallen"? fragt Bergner vorsichtig.

„Das ist zum kotzen, wenn ein so großes Schwein noch gehuldigt wird", platzt es dem jungen Mann heraus.

„Warum verunglimpfen Sie ihn als großes Schwein"? hakt Bergner nach.

„Kannten Sie Herrn Rüter näher"? Der junge Mann zögert einen Moment, fast zu lange:

„Nein. Ich kenne Herrn Rüter nicht näher, es sind doch alle Unternehmer große Schweine. Ich muss jetzt auch los".

Aber Bergner glaubt ihm das nicht und bittet ihn mit sanfter Gewalt, mit in sein Auto zu kommen. Scheinbar aus Routine lässt Bergner sich seinen Namen geben und fragt, wie er ihn erreichen kann. Dann versucht Bergner Druck zu machen, fasst seine Hand und fordert eindringlich:

„Sagen Sie mir was Sie ärgert und was Sie bedrückt. Sagen Sie es mir jetzt, wenn ich Ihnen helfen soll. Ich bin überzeugt, dass Sie etwas verheimlichen, das Sie sehr belastet. Sie zwingen mich sonst, Sie festzunehmen und verhören zu lassen". Nach längerem Überlegen ringt sich der junge Mann dann durch:

„Oke, ich habe Scheiße gebaut. Ich hätte es sowieso bald irgendwem erzählen müssen, ich hätte es nicht mehr länger ausgehalten, darüber zu schweigen. Ich habe ein Mord gesehen und mein Schweigen für 5.000,- Euro verkauft."
Bergner lässt sich noch einige Details erläutern, bricht dann aber ab:
„Das war wirklich nicht klug von Ihnen und Sie haben sich strafbar gemacht" aber er tröstet ihn, wenn alle Umstände berücksichtigt würden, dürfte es nicht so schlimm für ihn werden. Um die Zusammenhänge zu klären, bestellt er ihn für den nächsten Tag um 8 Uhr in sein Büro.

Samstag, 23. September

Was der junge Mann erzählt hatte, war schon ein Schock für Mark Bergner. In diese Richtung hatte er noch nicht gedacht. Dem angesehenen Herrn Rüter hatte er zwar alle möglichen Vergehen im Geschäftsbereich zugetraut. Aber Rüter als Mörder und Mädchenschänder sich vorzustellen, fiel ihm schon schwer. Anderseits glaubte er schon den Anschuldigungen des jungen Mannes, warum sollte er so etwas erfinden.

Er hatte noch am Freitag feststellen können, dass vor etwa 5 Monaten ein 17-jähriges Mädchen Selbstmord verübt hat. Sie war im vierten Monat schwanger und war von einer Brücke gesprungen. Durch ihre schweren Kopfverletzungen war sie wohl sofort tot. Ein Autofahrer hatte ein Unfallwagen und die Polizei gerufen. Für den Staatsanwalt war der Selbstmord so eindeutig, das er auf eine Einschaltung der Mordkommission verzichtete.

Bergner wurde über diesen Fall nicht informiert, soweit er sich erinnert, war er zu diesem Zeitpunkt auch im Urlaub. Was Bergner aber daran ärgert, ist die frühzeitige Aufgabe der Suche nach dem Vater des ungeborenen Kindes. Jedoch Herrn Rüter damit in Verbindung zu bringen war damals so gut wie ausgeschlossen. Niemand hatte über eine solche Beziehung etwas gewusst, auch von der Schwangerschaft hatte keiner etwas mitbekommen. Nun muss Bergner in diesem Fall neu ermitteln, der Täter war ihm zwar bekannt, aber er ist jetzt tot. Und zu klären war hier im Grunde nur noch das Verhalten des jungen Mannes.

Oder gibt es doch noch irgendwelche Zusammenhänge, die er bisher nicht gesehen hat. Zum Beispiel das sexuelle Verhalten von Herrn Rüter. Dass Herr Rüter häufiger in ein Bordell ging, musste noch nicht viel bedeuten. Aber die Beziehung zu diesem jungen Mädchen und erst recht, wie er sich dieser Beziehung entledigte, zeigt eine ungehemmte Brutalität. Für diesen „Saubermann" war sein Ansehen wichtiger als ein Lebewesen. An seinem Grab huldigte Wolfenbüttel die Biedermannsmaske eines Schwerverbrechers. Bevor sich Bergner mit dem jungen Mann beschäftigt, ordnet er seine nächsten Termine. Er muss Frau Rüter noch einmal aushorchen, den Lehrling aufsuchen und sich die Bauleiter ein weiteres Mal vorknöpfen.

Um 8 Uhr ist der junge Mann bei ihm. Auch wenn er die Aufklärung eines schweren Verbrechens nicht nur behindert, sondern nach heutigem Stand sogar verhindert hat, tut er ihm

Leid. So ist es ihm Recht, dass seine Mitarbeiter nicht dabei sind und er allein die Vernehmung durchführen kann. Er stellt das Aufnahmegerät an und lässt den jungen Mann erzählen:

„Ich war mit meinem Fahrrad auf dem Weg nach Hause"

„Wie spät war es?"

„Es muss etwa 23 Uhr gewesen sein, es war schon dunkel, ich kam von meiner Freundin. Als ich zur Autobahnbrücke in Rüningen kam, stand dort ein Auto mit vollen Scheinwerfern und laufendem Motor. Ich fuhr langsam weiter, aber als ich so ungefähr 10 Meter heran war, sprang plötzlich ein Mädchen oder eine junge Frau aus dem Auto und kurz darauf ein Mann aus der anderen Seite des Wagens. Die Frau rannte zum Geländer auf der gegenüberliegenden Brückenseite, der Mann hinterher. Ich blieb wie erstarrt stehen und wusste nicht was ich machen sollte. Hörte dann, wie die Frau den Mann anschrie:

„Wir kriegen ein Kind, wenn Du mich verlässt, bringe ich mich um", dabei beugte sie sich über das Geländer. Ein Moment war Stille, dann schrie der Mann zurück:

„Wenn Du unbedingt springen willst, dann tu es doch" und hob ihre Beine hoch. Mit einem lauten Schrei stürzte dann die Frau kopfüber in die Tiefe".

„Hat er sie nun herunter geschubst oder hat er sich nur unvorsichtig verhalten", unterbricht ihn Bergner.

„Ich weiß es wirklich nicht und habe häufig darüber nachdenken müssen. Ich glaube aber schon, dass er bewusst nachgeholfen hat, er hätte ja nur ihre Füße festhalten müssen".

„Wir werden es nicht mehr erfahren, wie ging es dann weiter"?

„Der Mann beugte sich kurz über das Geländer, rannte zu seinem Wagen und brauste davon, mit abgestelltem Licht und viel Gas. Ich hatte das Gefühl, dass er mich überhaupt nicht bemerkt hatte. Ich ließ mein Fahrrad los und rannte dann auch zum Geländer. Die Frau lag ausgestreckt auf der Fahrbahn. Laut quietschend hatten die ersten Fahrzeuge wohl noch abbremsen können. Überfahren hatte sie offensichtlich keiner.

Ich wusste nicht, wie ich mich jetzt verhalten sollte. Der Frau helfen konnte ich nicht mehr und um sie herum waren jetzt auch schon einige Autofahrer. Ich fuhr langsam nach Hause".

„Konnten Sie sich das Autokennzeichen merken"? unterbricht ihn Bergner.

„Nein, nur die Buchstaben habe ich behalten: WF-WR, und das Auto war ein heller Mercedes". „Und was passierte dann"?

„Ja, dann passierte etwas, mit dem ich nicht gerechnet hatte und mir richtig Angst machte. Als ich zu Hause ankam, stellte ich mein Fahrrad gegen den Zaun und wollte das Gartentor öffnen. Da stand er plötzlich vor mir. Offensichtlich hatte er mich doch bemerkt und war mir gefolgt.

Er fragte zunächst, ob ich hier wohne und wie ich heiße, er brauche mich als Zeuge. Ich war so überrascht, dass ich ihm automatisch meinen Namen nannte. Hatte mich dann aber einigermaßen gefangen und fragte zurück: „Was soll ich denn bezeugen"?
„Das was Sie gesehen haben, dass sie sich selbst von der Brücke gestürzt hat". Er versuchte wohl, mir das einzusuggerieren, aber das war zu banal:
„Das kann ich nicht, weil es nicht stimmt und das wissen Sie genau so gut wie ich".
„Na gut, dann machen wir das ganz anders" und nach einiger Bedenkzeit:
„Ich mache Ihnen ein Angebot, Sie haben nichts gesehen und halten die Klappe und ich gebe Ihnen 5.000,- Euro. Aber ich warne Sie, wenn Sie sich nicht daran halten, werden Sie es Ihr Leben lang bereuen." Bevor er im Dunklen verschwand, zischte er mir noch zu:
„Sie wissen ja, ich bin zu allem fähig".

Und ich wusste es ja wirklich, dieser Mann geht über Leichen, ich bekam panische Angst und konnte mit niemanden darüber reden".

„Wie kamen Sie dann an das Geld"? will Bergner nun wissen.

„Zwei Tage später lag ein Briefumschlag mit 5.000,- Euro auf dem Gepäckträger meines Fahrrads, eingeklemmt unter dem Bügel. Das ihm das unbemerkt und zum richtigen Zeitpunkt gelang, machte mich noch unsicherer, offensichtlich beobachtete er mich".

Anschließend berichtet der junge Mann noch, wie er herausgefunden hat, dass er es mit Herrn Rüter zu tun hat. Das Geld habe er nicht angerührt und übergibt es jetzt Herrn Bergner.

Mark Bergner holt tief Luft. „Ich verstehe ja, dass Sie große Angst hatten und dem Rüter Schlimmes zu trauen mussten, aber Sie hätten sich viel erspart, wenn Sie sich sofort bei uns gemeldet hätten".

Der junge Mann sieht ihn fragend an, Bergner hatte ihm Hilfe versprochen.

„Ja, ich weiß, was Sie von mir erwarten, aber ich kann Sie von einer Bestrafung nicht befreien, das entscheidet allein der Richter. Und auch der Richter wird sicherlich Verständnis für Ihre Situation haben und alle mildernden Umstände für Sie berücksichtigen. Sie müssen nicht befürchten ins Gefängnis zu kommen", tröstet ihn Bergner.

Mit einem wohlwollenden Bericht an den Staatsanwalt war für Bergner dieser Detailfall erst einmal vom Tisch. In der Aufklärung des Todes von Herrn Rüter war er dadurch noch nicht weiter gekommen, aber er hatte neue Ansätze, er musste die sexuelle Seite von Rüter tiefer überprüfen. Er fängt bei Frau Rüter an und vereinbart mit ihr einen Besuchstermin.

Montag, 25. September

Am Samstag hatte er Frau Rüter nicht mehr erreichen können, aber heute früh war sie auch mit dem kurzfristigen Termin von 11 Uhr einverstanden.

Bevor Bergner losfährt, stimmt er sich mit der Gerichtsmedizin und dem Labor ab, am späten Nachmittag alle vorliegenden Ergebnisse noch einmal durch zu sprechen.

Frau Rüter hatte sich verständlicherweise immer noch nicht von ihrem Schock erholt und auch die Beerdigung vor drei Tagen, hat sie kaum verkraften können. Aber sie war nicht mehr ganz allein, ihre Mutter aus Salzburg war sofort gekommen und betreute sie und die Kinder.

Bergner beginnt das Gespräch bewusst mit Fragen nach der Firma. Sie hätte mit ihrem Steuerberater und mit ihrem Rechtsanwalt schon gesprochen und abgestimmt, wie es mit der Firma weiter gehen soll. Bis auf weiteres würde Herr Kreuz die Verantwortung übernehmen. Nach einigen weiteren Firmendetails lenkt dann Bergner das Gespräch auf den persönlichen Bereich. Frau Rüter betont immer wieder, wie lieb und nett ihr Mann gewesen sei, zu ihr und vor allem auch zu den Kindern.

„Erlauben Sie mir die Frage Frau Rüter: War auch im sexuellen Bereich alles in Ordnung"? wagt sich Bergner jetzt vor. Frau Rüter sieht ihn entsetzt an:

„Wie kommen Sie auf diese Frage, was meinen Sie damit"? Bergner schweigt und wartet. Frau Rüter schaut ihn durchdringend an und legt dann fast wütend los:

„Ach so, das haben Sie wohl auch schon herausgefunden. Ja, mein Mann und ich hatten seit etwa einem Jahr keinen Geschlechtsverkehr mehr zusammen. Das ließ meine Unterleibsoperation nicht mehr zu. So, jetzt haben Sie es von mir auch bestätigt bekommen".

Nun ist Mark Bergner etwas geschockt. Damit hat er nicht gerechnet, davon hat er bisher überhaupt nichts gewusst.

„Entschuldigen Sie bitte meine Frage, ich habe davon wirklich nichts gewusst, ich hatte jedoch meine Gründe, so zu fragen"

„Wenn Ihre Gründe die Bordellbesuche meines Mannes sind, kann ich Sie fast verstehen. Außer mir geht das jedoch niemanden etwas an und ich habe sie erdulden müssen".

Tapfere Frau, denkt Bergner, entschuldigt sich noch einmal und verabschiedet sich.

Das Gespräch war kürzer, als er eingeplant hatte. Bis zum späten Nachmittag hat er jetzt noch etwas Zeit und fährt unangemeldet zu der

Adresse des 16-jährigen Mädchens, das die Lehre bei der Firma Rüter abgebrochen hatte.

Die Wohnung lag im westlichen Randbereich, an der Ausfallstraße nach Salzgitter. An der Haustür des Mehrfamilienhauses findet er den Namen Schröder auf der Klingelleiste. Die Haustür steht offen und Bergner geht direkt zu der Wohnung in der zweiten Etage. Die Treppenhauswände sind in diesem Jahrhundert noch nicht wieder gestrichen worden, das ganze Treppenhaus riecht etwas muffig. Als er an der Wohnungstür klingelt, öffnet eine Frau die Tür und sieht ihn misstrauisch an.

„Sind Sie Frau Schröder"? fragt Bergner.

„Ja bin ich, aber was wollen Sie, wer sind Sie"? Bergner weist sich als Kriminalkommissar aus.

„Ich möchte Ihre Tochter sprechen"

„Die ist nicht zu Hause".

„Kann ich sie woanders aufsuchen, ist sie berufstätig"? Frau Schröder verneint und wird sehr abweisend:

„Melden Sie sich gefälligst an, wenn Sie von uns etwas wollen und jetzt lassen Sie mich in Ruhe" und versucht die Tür zu schließen.

„Tut mir Leid Frau Schröder, aber Sie zwingen mich, Ihre Tochter ins Präsidium vorzuladen. Ich erwarte Ihre Tochter morgen um 10 Uhr in meinem Büro, hier ist meine Karte. Ersparen

Sie es Ihrer Tochter, polizeilich abgeholt zu werden".

Mit dieser eindringlichen Ermahnung verabschiedet sich Bergner und fährt zurück nach Braunschweig. Ihm gefiel dieses Gespräch mit Frau Schröder überhaupt nicht. Möglicherweise bereitete er der Familie Schröder unnötig diesen Ärger und seine Vermutung geht ins Leere. Aber wer zahlt schon freiwillig drei Monatsgehälter weiter ohne Grund? Bergner erhofft sich die Aufklärung bei der morgigen Vernehmung.

Dienstag, 26. September

Am gestrigen Nachmittag hatte Mark Bergner bei den Gerichtsmedizinern und Laboranten sich noch einmal vergewissern wollen, ob auch keine Spur übersehen worden war. Aber es blieb dabei, es gab keine verwendbaren Spuren im Todesfall Rüter. Die Fingerabdrücke an den Türklinken waren ohnehin wertlos. Von Herrn Kreuz wusste er, wenn Herr Rüter abends noch allein im Büro war, blieb seine Zimmertür immer offen, um die Klingel an der Haustür zu hören. Der Täter musste also nichts anfassen.

Auch an den mitgenommenen Gegenständen konnte nichts Auffälliges festgestellt werden. Nur das kleine Medizinfläschchen zwischen einigen Gläsern und Flaschen fiel ihm jetzt erst auf. Wozu brauchte Rüter diese Medizin? Da dies Fläschchen aus seinem Büro stammte, müsste seine Sekretärin, Frau Hoffmann etwas darüber wissen. Bevor er sich auf das Gespräch mit Fräulein Schneider vorbereitet, ruft er die Sekretärin an.

Als er Frau Hoffmann nach dem Fläschchen fragt, lacht sie und erklärt:

„Das Fläschchen hat er von mir. Es ist ein homöopathisches Mittel gegen Erkältung, es hilft mir auch immer. Vor einigen Wochen habe ich ihm mein Fläschchen gegeben. Es war nicht

61

mehr viel darin, er sollte es damit mal auspro-
bieren". Bergner bedankt sich und schon während er auflegt hat er das Fläschchen wieder
vor Augen. Was er gesehen hatte war ein fast
volles Fläschchen. Es muss nachgefüllt worden sein, aber womit? Er ruft sofort das Labor
an und bittet, diesen Inhalt umgehend zu überprüfen und ihn darüber zu informieren.

Mark Bergner atmet auf, als um 10 Uhr Fräulein Schröder tatsächlich bei ihm erscheint.
Allerdings kommt sie mit ihrer Mutter als Be-
gleitung. Und diese Mutter macht Probleme,
sie will unbedingt bei der Vernehmung Ihrer
Tochter dabei sein. Es kostet einige Mühe, sie
in einem Nebenraum fern zu halten.
„Gott sei Dank, in ihrem Beisein hätten Sie
von mir kein Wort gehört" beginnt Karin
Schröder. „Was wollen Sie von mir, ich nehme
an, dass es was mit dem Tod von Herrn Rüter
zu tun hat, aber dazu weiß ich nichts zu sagen".
Bergner ist überrascht, wie selbstbewusst und
ruhig dieses junge Mädchen spricht. Er hat
eher ein widerspenstiges und abweisendes
Verhalten erwartet. Auch ihr Aussehen ist anders als er sich vorgestellt hat. Im Gegensatz
zu Ihrer Mutter sieht sie sehr gepflegt und fast
damenhaft aus. Dabei ist die Kleidung ihrem
Alter entsprechend und von Schminke oder

Tusche nichts zu sehen. Bergner empfindet sie als eine junge hübsche Frau und muss dabei an Rüter denken.

„Es geht tatsächlich um Herrn Rüter, aber weniger um seinen Tod. Ich möchte von Ihnen wissen, warum Sie so abrupt Ihre Lehre abgebrochen haben", fragt er sie.

„Ich mochte die Firma nicht mehr und vor allem nicht die Art, wie Herr Rüter mich hofierte. Meine Eltern haben das nicht verstanden und mir das nicht verziehen, aber das habe ich in Kauf genommen".

Das war zunächst eine plausible Erklärung und kaum anzuzweifeln. Jetzt muss Bergner schon massiver werden, wenn er mehr erfahren will.

„Kann es nicht sein, dass Sie ein Verhältnis mit Herrn Rüter hatten und das beenden wollten"? fasst Bergner nach.

Fräulein Schröder wird rot und wehrt sich: „Nein, das war nicht so"

„Wenn es nicht so war, wie war es denn"? versucht Bergner sie auf das „so" fest zu nageln. Sie schaut nach unten und scheint zu überlegen. Aber es kocht in ihr und Bergner spürt, dass sie mit sich kämpft und wartet ab.

„Er hat mich vergewaltigt und niemand hat mir geglaubt" platzt es dann plötzlich aus ihr heraus. Schlägt Ihre Hände vors Gesicht und weint. Bergner lässt sie in Ruhe und wartet darauf, dass sie selbst noch etwas sagt. Das tut sie dann auch. Nach kurzer Zeit hat sie sich wieder gefangen und auch ihr Selbstbewusstsein schien zurückgekehrt:

„Ich bin Ihnen dankbar, dass Sie mich jetzt so herausgefordert haben. Ich hatte mir vorgenommen, nie wieder darüber zu reden, aber ich habe auch darunter gelitten. Wenn die eigene Mutter mir nicht glaubt, wie sollte ich dann einen Fremden davon überzeugen. Damit habe ich hoffentlich schon Ihre Frage beantwortet, warum ich ihn nicht angezeigt habe".

„Ja, das haben Sie", erwidert Bergner. „Aber warum hat Ihre Mutter Ihnen nicht geglaubt und wie verhielt sich Ihr Vater"?

„Mein Vater wollte darüber nichts wissen und meine Mutter zweifelte an, ob ich mich richtig verhalten hätte. Ich hätte mich bestimmt nicht richtig gewehrt, vielleicht hätte er das auch falsch verstanden. Ich hätte mich auf diesen Menschen erst gar nicht einlassen dürfen, wer sich zum Essen einladen lässt, muss mit allem rechnen. Und so weiter und so fort".

„Hat er Sie zum Essen eingeladen", forscht Bergner nun weiter.

„Ja, hat er und vorher auch schon einmal. Er war mein Chef und ich fühlte mich geehrt, mit ihm zum Essen zu fahren. Bis dahin mochte ich ihn auch ganz gern, er war immer höflich und hilfsbereit, witzig und intelligent, so wie ich mir einen netten Chef vorgestellt habe".

Mitten in dieses Gespräch platzt ein durchgestelltes Telefonat. Sichtlich gestört greift Bergner zum Telefon und will sich beschweren. Aber in diesem Moment ändert sich seine Miene, er hört nur zu. Als er aufgelegt hatte fragt er spontan:

„Fräulein Schröder, ist Ihnen bei oder nach diesen Essen einmal schlecht geworden oder wurden Sie mal sehr müde"?

„Nein, bestimmt nicht, wohin geht diese komische Frage"?

„Denken Sie bitte noch einmal genau nach, es ist wichtig" bittet Bergner eindringlich.

Fräulein Schröder verneint dies noch einmal und schüttelt dabei ihren Blondschopf.

„Na gut, ich wollte wissen, ob Herr Rüter Ihnen K. o. Tropfen unter gemischt hat. Offensichtlich wohl nicht, aber informieren Sie mich bitte sofort, wenn Ihnen dazu noch etwas einfällt" erläutert Bergner seine Frage.

Das dringliche Telefonat kam vom Labor. Man hatte auf Bergners Bitte sofort reagiert und den Inhalt des Fläschchens überprüft. Sie fanden kein homöopathisches Mittel, sondern eine chemische Flüssigkeit, die unter der Bezeichnung K. o. Tropfen bekannt ist. Bergner war sofort davon überzeugt, dass Rüter mit diesem Mittel Frauen missbrauchen konnte, nicht nur gegen ihren Willen, sondern auch ohne direkte Nachweise. Ob und wie oft Rüter davon schon Gebrauch gemacht hat, war kaum noch fest zu stellen. Aber Mark Bergner hatte schon einen Verdacht, dem er schnellstens nachgehen wollte. Zunächst musste er jedoch die Vernehmung von Karin Schröder zu Ende bringen.

„Wenn Sie also nicht Ihrer Sinne beraubt waren, wie konnte es dann zu der Vergewaltigung kommen"? setzt Bergner die Vernehmung fort. „Im nach hinein war es ein Fehler von mir, sich nach Hause fahren zu lassen. Aber das erkennt man erst hinterher. Ich hatte volles Vertrauen zu meinen Chef. Er ist nie aufdringlich gewesen und von unseren Mitarbeitern hatte ich nur Positives über ihn gehört. Mit dieser Einstellung ist es schwierig, den rechtzeitigen Absprung zu machen. Als er mich nicht direkt nach Hause fuhr, sondern zu einem großen Parkplatz, hätte ich aussteigen und weglaufen können. Aber warum hätte ich das tun sollen? Wir waren ja nicht in einem dunklen Wald, sondern auf einem beleuchteten Parkplatz. Und er wollte sich ja nur noch etwas mit mir unterhalten.

Erst die ersten Annäherungsversuche irritierten mich. Er küsste meine Hand und streichelte meinen Arm. Immer noch vertrauensselig bat ich ihn, das zu lassen. Als er damit nicht aufhörte, wollte ich aussteigen. Aber in dem Moment war er plötzlich über mir. Wahrscheinlich habe ich laut geschrien, aber ich war so erschrocken und erstarrt, dass ich keine Kraft hatte, mich zu befreien. Er hatte die Rücklehne nach hinten geklappt und ich lag in der Gurtung. Mit einer Hand drückte er mich nach unten, mit der anderen zog er mich und sich aus. Ich habe weiter um mich geschlagen und mich aufgebäumt, aber er schaffte es trotzdem, mich zu vergewaltigen.

Als er fertig war und mich losließ, sackte ich zusammen, zitterte am ganzen Körper und war wie gelähmt. Ich war nicht in der Lage meinen Gurt zu lösen. Nachdem er mir mein Höschen wieder angezogen hatte, fuhr er die Rückenlehne hoch und setzte sich ans Steuer. Bevor er losfuhr versuchte er mir ein zu suggerieren, dass ich es doch auch so gewollt hätte und er mir dankbar sei, dass ich so lieb gewesen war. Aber ich sollte niemanden davon etwas erzählen, das wäre für uns beide nicht gut. Und ich sollte immer daran denken, dass er mein Chef ist. Er fuhr mich dann nach Hause, ich bat ihn jedoch etwa hundert Meter früher, mich aussteigen zu lassen".

Bergner hatte sie nicht mit Fragen unterbrochen und nur aufmerksam zugehört. Als sie jetzt eine Pause macht, fragt er schließlich:

„Und wie ging es mit Ihnen weiter"?

„Ich bin dann ein bis zwei Stunden umhergeirrt, bis ich wieder Mut hatte, nach Hause zu gehen. Meine Mutter machte mir aber sofort Vorwürfe, warum ich erst in der Nacht nach Hause komme. So zog ich mich stillschweigend auf mein Zimmer zurück. Dass ich dann vergeblich Verständnis bei meinen Eltern suchte, habe ich ja am Anfang schon erzählt.

Ich blieb zwei Tage zu Hause. Am dritten Tag ging ich in die Firma, packte meine Sachen und sagte Tschüss zu meinen Arbeitskollegen. Nur Herrn Kreuz sagte ich, dass ich nicht wiederkomme und dass ich hiermit kündige.

„Wofür haben Sie dann noch drei Monate nach Ihrer Kündigung weiter Ihr Gehalt bekommen"? will Bergner wissen.

„Ich weiß es nicht, aber ich habe das Geld behalten. Eine neue Arbeitsstelle habe ich noch nicht gefunden, dafür brauche ich auch noch das Arbeitszeugnis".

„Dafür werde ich jetzt sorgen", versichert Ihr Bergner. „Eine andere Frage ist, wollen Sie jetzt noch eine Strafanzeige gegen Herrn Rüter stellen"?

„Dazu bitte ich um Ihren Rat, ob das jetzt noch einen Sinn hat. Geht das überhaupt, gegen einen Toten zu klagen"?

„Wir werden das hier im Hause noch klären, Sie erhalten dann unsere Empfehlung. In jedem Fall werden wir formell eine Klage gegen Rüter einleiten. Sie können jetzt gehen, aber bleiben Sie noch einige Minuten hier im Raum, ich möchte mit Ihrer Mutter noch reden". Bergner verabschiedet sich von Fräulein Schröder und bedankt sich bei ihr für ihre mutige Offenheit.

Das Gespräch mit der Mutter brachte nichts ein. Sie blieb verstockt und wollte seine Argumente gar nicht anhören. Sie hatte ihre eigene Meinung, eine andere Wahrheit wollte sie nicht akzeptieren.

Diese Vergewaltigung passte in das Bild, das sich Mark Bergner in der Zwischenzeit von Herrn Rüter machen musste. Auf der einen Seite war er ein angesehener Saubermann mit den Manieren eines Gentlemans und auf der anderen Seite ein Wirtschaftskrimineller und ein Sexualverbrecher. Bergner bedauert, dass er ihn damit nicht mehr konfrontieren kann.

Was ihn aber mehr bedrückt, war das grundsätzliche Problem der Vergewaltigung. Der

Missbrauch dieses Mädchens zeigte ihm wieder deutlich, wie schwer es den Opfern fällt, sich zu rechtfertigen. Was wäre dabei heraus gekommen, wenn Aussage gegen Aussage gestanden hätte. Wenn ein 16-jähriger Lehrling behauptet hätte, von einem tadellosen und angesehenen Chef missbraucht worden zu sein? Wenn dann auch noch die Eltern versagen, wird es für das Opfer noch schwerer.

Er malt sich aus, wie viele Sexualverbrechen sehr wahrscheinlich ungestraft bleiben. Aber er konnte ja nur ermitteln, wenn Hinweise vorlagen, oder ein hinreichender Verdacht bestand. Und an diesem Problem würde auch eine höhere Bestrafung nichts ändern. Vielleicht könnte eine verstärkte Aufklärung helfen, die Opfer zu ermutigen sich zu rechtfertigen. Dass zum Beispiel die Missachtung von „Nein", gesetzlich den Tatbestand einer Vergewaltigung bedeutet. Und das auch in einer ehelichen oder freundschaftlichen Beziehung.

Aber Bergner sieht da schon Unterschiede. Abgesehen von den brutalen Vergewaltigungen, wurmt ihn besonders der häufige Machtmissbrauch von Chefs und Vorgesetzten, der meist nur durch Zufall ans Tageslicht kommt, wie in seinem jetzigen Fall.

Mittwoch, 27. September

Unangemeldet erscheint Mark Bergner am frühen Morgen in der Firma Rüter und bittet die Sekretärin, Frau Hoffmann um ein Gespräch unter vier Augen.

„Frau Hoffmann, Sie waren einige Tage krank, was war das für eine Krankheit"?

„Ich hatte mir vermutlich den Magen verdorben und mir war übel und ich hatte Bauchschmerzen".

„Über vier Tage, also von Samstag bis Dienstag"? zweifelt Bergner.

„Die Bauchschmerzen waren zwar bald weg, aber die Übelkeit hielt weiter an und mir war manchmal schwindelig", rechtfertigt sich Frau Hoffmann.

„Ich glaube Ihnen das schon, aber so selbstverständlich erscheint mir das nicht. Bitte, berichten Sie mir, möglichst genau, was Sie am Freitagabend gegessen und getrunken haben, Ihre Erkrankung muss ja damit im Zusammenhang stehen".

„So genau weiß ich das nicht mehr, aber ich versuch es mal. Bei der kleinen Geburtstagsfeier habe ich ein Glas Sekt getrunken. Gegessen habe ich zwei belegte Brötchenhälften, eine mit einer Käsescheibe und eine mit Wurst oder Schinken".

„Und haben das alle anderen auch gegessen und getrunken"? unterbricht sie Bergner.

„Ja, ich glaube schon".

„War sonst noch jemand erkrankt"?

„Nein, nicht das ich wüsste".

„Was haben Sie anschließend gemacht"?

Frau Hoffmann zögert und wirkt unsicher.

„Wissen Sie nicht mehr, was Sie gemacht haben"? provoziert sie Bergner.

„Doch natürlich, Herr Rüter hat mich zu einem Glas Wein in sein Büro eingeladen. Ich habe aber nur ein Glas getrunken. Ein Zweites habe ich abgelehnt, weil ich den Alkohol schon spürte".

„Wie ging es dann weiter"?

„Mir wurde schlecht und Herr Rüter war so nett, mich nach Hause zu fahren. Aber das habe ich Ihnen schon bei unserem ersten Gespräch erzählt".

Offensichtlich will Frau Hoffmann jetzt abbrechen und erzählt von ihrem Mann, der im Ausland als Ingenieur tätig ist. Aber Bergner bleibt dran:

„Wie sind Sie in Ihr Haus gekommen, waren Sie noch in Ihrer Küche, auf Ihrer Toilette, bitte versuchen Sie sich zu erinnern, irgendwas muss Ihnen doch noch in Erinnerung sein".

Frau Hoffmann schaut Bergner verzweifelt an:

„Ich weiß es nicht, ich weiß es wirklich nicht, ich muss wohl richtig betrunken gewesen sein".

„Von einem Glas Wein, das glauben Sie doch selbst nicht. Was dachten Sie, als Sie wieder zu sich gekommen waren und wo fanden Sie sich wieder"?

„Ich lag in meinem Bett, noch angekleidet, nur meine Jacke und meine Schuhe hatte ich mir ausgezogen".

„Und, hatten Sie sich auch zugedeckt"?

„Ja, ich lag unter meiner Decke".

Mark Bergner kämpft mit sich, wie soll er jetzt weiter vorgehen. Er entscheidet sich für den Angriff.

„Frau Hoffmann, Sie sind eine sehr intelligente Frau. Warum versuchen Sie mir vorzumachen, bis auf den Alkohol, wäre alles in Ordnung gewesen. Sie wissen oder vermuten es zumindest, dass hier etwas anderes passiert ist. Warum belügen Sie mich"?

„Ich lüge nicht, ich weiß wirklich nicht, worauf Sie hinaus wollen".

„Nun gut, dann erzähle ich Ihnen, was Sie erlebt haben" und Bergner holt tief Luft:

„Ihr Herr Rüter war ein Sexualverbrecher und sogar ein Mörder. Er hat Sie am Freitagabend mit K. o. Tropfen betäubt. Hat Sie nach Hause gefahren und in Ihr Bett gelegt, Hat Ihnen die

Jacke und die Schuhe ausgezogen und vermutlich auch noch mehr. Was er dann mit Ihnen gemacht hat, kann ich nur vermuten. Immerhin hat er Sie zum Schluss noch zugedeckt. Die K. o. Tropfen hatte Herr Rüter in Ihrem Medizinfläschchen, eine perfekte Tarnung. So, jetzt wissen Sie, was für einen tollen Chef Sie hatten".

Bergner schaut Frau Hoffman erwartungsvoll an. Jetzt müsste sie sich doch öffnen und kooperieren. Er war überzeugt, dass sie bisher etwas verheimlichte. Wenn der Faustschlag gegen Rüter ein Racheakt war, könnte es eine Verbindung zu Frau Hoffman geben. Er ist gespannt, wie Sie jetzt reagiert.

Frau Hoffmann sackte in sich zusammen und war offensichtlich geschockt. Das war der Weltuntergang ihrer Meinung über Rüter. Sie hatte ihn während der langen Zusammenarbeit richtig gern gehabt und geachtet. Deshalb wollte sie es auch nicht wahr haben, dass Herr Rüter ihr etwas angetan haben sollte. Allerdings war ihr schon klar gewesen, dass vieles dafür sprach. Nachdem ihr einige Schauer den Rücken herunter gelaufen waren, versucht sie trotzdem klar und nüchtern zu denken. Denn sie hat ein Problem, das durch die jetzige Situation sich noch vergrößert.

„Das ist ja so furchtbar, so etwas hätte ich nie und nimmer Herrn Rüter zu getraut" rafft sich Frau Hoffman zusammen.

„Wie schrecklich muss das für seine Frau und seine Kindern sein, wenn sie das erfahren. Aber was er mit mir gemacht haben soll, kann ich immer noch nicht glauben" mauert sie weiter.

Bergner ist enttäuscht, alle Fakten sprechen dafür, dass Rüter sie betäubt und mit größter Wahrscheinlichkeit auch missbraucht hat. Warum wehrt sich diese Frau, das zu akzeptieren und zweifelt es weiterhin an? Sicherlich ist die Vorstellung, dass man missbraucht worden ist so widerlich, dass man sie verdrängt, solange dazu noch eine Chance besteht. Aber Bergner wird das Gefühl nicht los, dass dahinter noch etwas anderes steckt, etwas das für sie so wichtig ist, selbst in dieser misslichen Lage weiter zu schweigen.

Bergner versucht noch ein paar Mal, von Frau Hoffmann etwas mehr zu erfahren, aber es ist vergeblich. Er verabschiedet sich mit dem Hinweis, später noch einmal auf sie zurück zu kommen. Er bittet sie, über die Untaten von Herrn Rüter erst einmal zu schweigen. Er würde als Nächstes Herrn Kreuz informieren und anschließend Frau Rüter besuchen.

Auch Herr Kreuz fällt fast in Ohnmacht. Er war ja nicht nur mit Rüter verwandt, er war mit ihm aufgewachsen und eng befreundet. Bergner lässt ihn aber bald in seinem Elend zurück. Er musste jetzt schnellstens Frau Rüter informieren und wahrscheinlich auch beistehen, bevor sie darüber über Dritte etwas erfuhr.

Wie befürchtet, bricht auch bei Frau Rüter die Welt zusammen. Sie hat zwar sehr darunter gelitten, dass ihr Mann im Bordell sich das holte, was sie ihm nicht geben konnte. Aber dass sein Sexualtrieb sich so ausuferte, ist für sie unfassbar. Ihr liebevoller Mann ein Verbrecher, ein Mörder? Sie weint und schreit vor Verzweiflung. Weder Bergner noch Ihre Mutter können sie beruhigen. Sie wehrt sich gegen jede Berührung, setzt sich in einer Ecke auf den Boden und bedeckt ihr Gesicht mit ihren Händen. Bergner fühlt sich ohnmächtig hier zu helfen. Frau Rüter braucht eine psychologische Betreuung. In Abstimmung mit ihrer Mutter sucht er im Telefonbuch nach einem ansässigen Psychologen. Nach einigen Fehlversuchen gelingt es ihm, die Zusicherung für eine schnelle Hilfe zu bekommen. Mehr kann er jetzt nicht mehr tun. Er verabschiedet sich und hofft auf die Stärke der Mutter, ihrer Tochter fürsorgend beistehen zu können.

Mittwoch, 04. Oktober

Seit Tagen grübelt Mark Bergner darüber nach, wie er im Todesfall Rüter weiter kommen kann. Seinen Verdacht, dass Frau Hoffmann irgendwie etwas damit zu tun hat, konnte er bisher nicht erhärten. Einige Tage hatte er versucht, heraus zu finden, welche näheren Bekannte Frau Hoffmann hat. Dafür hatte er sogar einige Stunden seiner Freizeit geopfert. Nach Dienstschluss fuhr er nicht direkt nach Hause, sondern machte einen Umweg über Ahlum. Dort beobachtete er das Haus von Frau Hoffmann und wartete auf mögliche Besucher. Aber in diesen Tagen kam niemand, er musste sich etwas Besseres einfallen lassen.

Den Todesfall Freund hatte er soweit abgeschlossen. Die Auseinandersetzung mit den geschäftlichen Ungereimtheiten der Kläranlage war nicht seine Aufgabe. Alle Überprüfungen bestätigten den Selbstmord von Herrn Freund. Auch die gefundenen Rutschspuren musste man Herrn Freund zuordnen. Es blieb kein Verdacht auf eine Fremdeinwirkung.
Heute muss er sich aber noch einmal mit dem Fall beschäftigen. Die Tochter von Herrn Freund hatte um eine Besprechung mit ihm gebeten. Nach der Begrüßung und dem Aus-

tausch von einigen Allgemeinheiten, kommt sie sofort zur Sache:

„Ich bin Alleinerbin für das Haus meines Vaters und möchte es verkaufen. Gibt es irgendwelche Gründe dagegen und bestehen noch andere Ansprüche"?

„Dazu kann ich Ihnen nichts Verbindliches sagen. Ich habe meine Ermittlungen abgeschlossen, aber die Kollegen für Wirtschaftskriminalität bearbeiten den Fall noch. Am besten, Sie erkundigen sich dort".

„Aber damit habe ich doch wohl nichts zu tun".

„Sie persönlich natürlich nicht, aber Ihr geerbtes Haus könnte davon betroffen sein".

„Also doch noch andere, offene Forderungen"?

„Möglicherweise, aber unwahrscheinlich"

„Herr Bergner" erregt sie sich nun, „ich bin hierhergekommen um Klarheit zu finden und Sie reden in Rätseln".

„Nun gut" beruhigt sie Bergner, „ich erkläre Ihnen jetzt das, was Sie in den Ermittlungsakten selbst nachlesen können. Ihr Vater hat für die Finanzierung des Hauses 30.000,- Euro als Eigenkapital, der Bank zur Verfügung gestellt. Woher er dieses Geld hatte, konnten wir nicht ermitteln. Bisher hat sich auch niemand gemeldet, der einen Anspruch auf dieses Geld haben könnte. Mehr darf ich Ihnen dazu nicht sagen. Erkundigen Sie sich bei meinen Kollegen, ob sie das Haus zum Verkauf frei geben. Vielleicht stimmen sie einem Verkauf zu, wenn Sie vorerst die 30.000,- Euro als Sicherheit hinterlegen können".

Die Tochter von Freund sieht ein, dass sie darüber hinaus nicht Weiteres erfahren kann. Ist Bergner aber dankbar, dass er ihr doch schon etwas weiter geholfen hat.

Freitag, 06. Oktober

Am Freitagnachmittag bekommt Mark Bergner unerwarteten Besuch. Frau Hoffmann und Herr Weber wollen ihn sprechen.

Im Besprechungszimmer schaut Bergner die Beiden erwartungsvoll an. Etwas unsicher lächelnd eröffnet Frau Hoffmann das Gespräch:

„Sie können jetzt alles erfahren, wonach Sie gesucht haben. Aber wir setzen voraus, dass dieses Gespräch nicht öffentlich bekannt wird, können Sie uns das verbindlich zusagen"?

„Nun, das ist nicht so einfach zu beantworten, ich weiß ja auch noch nicht, was Sie mir erzählen werden. Geht es um Straftaten, muss ich sie weiterreichen und habe keinen weiteren Einfluss darauf".

„Das wissen wir auch" unterbrach ihn Frau Hoffmann. „Uns geht es um die Hintergründe, um die besonderen Umstände. Kurz gesagt, es geht um unser freundschaftliches Verhältnis. Wir sind beide verheiratet und unsere Partner sollten davon nichts mit bekommen".

„Das verstehe ich, aber bestimmte Formalitäten müssen eingehalten werden. Versprechen kann ich Ihnen das nicht".

Der mitgekommene Herr Weber ist ein Bauleiter bei der Firma Rüter. Bergner kannte ihn zwar, aber er hatte ihn bisher nicht im Visier. Nun meldet sich Herr Weber zu Wort:

„Wenn Sie das nicht können, beschränken wir uns auf das Notwendigste. Ich habe Herrn Rüter ins Gesicht geschlagen und bin dann weggelaufen. Dass er sich beim Hinfallen den Kopf eingeschlagen hatte, habe ich nicht mehr mit bekommen.

Frau Hoffmann hatte mir berichtet, dass Rüter Sie am Freitagabend betäubt habe und sehr wahrscheinlich auch vergewaltigt habe, aber das wisse sie nicht genau, sie hätte auch keine Spuren von Sperma bemerkt. Ich riet ihr, erst einmal zu Hause zu bleiben. Am Montagabend, als alle anderen weg waren, stellte ich Rüter zur Rede, ich wollte von ihm wissen, was er mit seiner Sekretärin am Freitagabend gemacht habe. Er wurde sofort wütend, das ginge mich gar nichts an, ich solle aufhören, ihn zu beleidigen, ich solle sofort verschwinden. Ich drohte ihm mit einer Anzeige, worauf er mir fristlos kündigte.
Jetzt, wo er nicht mehr mein Chef war, haute ich ihm zum Abschied eine Ohrfeige. Ich bedauere, dass dieser Schlag solche Folgen hatte. Sie können mich jetzt verhaften, mehr habe ich nicht zu sagen".
Jetzt kann sich Bergner ein Lächeln nicht verkneifen. Stellt das Aufnahmegerät ab und meint, mehr brauche er auch nicht zu wissen.

„Vorausgesetzt, Sie haben auch die Wahrheit gesagt, ist das ein volles und plausibles Geständnis, das allen Formalitäten genügt. Und nun erzählen Sie mir die ergänzende Version".
Herr Weber ist unsicher und schaut fragend Frau Hoffmann an und die nickt zustimmend.
Sie kannte Bergner aus mehreren Gesprächen und vertraute ihm, dass er sie nicht reinlegen würde.
„Das ist jetzt nur für Sie, das Aufnahmegerät bleibt aber auch ausgeschaltet" beginnt Herr Weber die ausführlichere Version:
„Frau Hoffmann hatte bemerkt, dass sie beschattet wurde und befürchtete, dass unsere Freundschaft bekannt würde. Wir beschlossen dann, uns freiwillig zu stellen.

Es begann am Freitagabend mit der Geburtstagsfeier. Wir hatten verabredet, dass ich sie nach Hause fahre. Ich hatte sie morgens abgeholt, damit ihr Auto nicht bei der Firma stehen blieb. Als ich einige Zeit im Auto auf sie gewartet hatte, suchte ich sie. Ich fand sie bei ihrem Chef, wo sie ein Glas Wein mit ihm trank. So ging ich wieder nach draußen und wartete weiter. Sie kam dann eingehakt bei ihrem Chef und der führte sie in sein Auto. Ich war richtig sauer und folgte den Beiden nach Ahlum. Ich traute meinen Augen nicht, sie ließ sich von ihm durch die Haustür tragen.

In dem flachen Bungalow kannte ich alle Zimmer. So schlich ich mich durch den Garten zum Fenster des Schlafzimmers. Das Licht im Schlafzimmer brannte und ich musste mit ansehen, wie sich meine geliebte Freundin, ausziehen und alles Weitere geschehen ließ, ohne sich zu wehren. Das reichte mir, ich fuhr stinksauer nach Hause. Ich wollte nichts mehr von ihr wissen, rief sie aber am nächsten Tag dann doch an. Es dauerte eine Weile bis sie ans Telefon kam. Es ginge ihr so schlecht jammerte sie, ob ich zu ihr kommen könne.

Mit schwerem Herzen und Wut im Bauch fuhr ich dann zu ihr. Bevor ich meine Wut loswerden konnte, sah ich sie wie ein Häufchen Elend im Bett liegen, es ging ihr wirklich sehr schlecht. Ich wollte darauf Rücksicht nehmen und fragte vorsichtig, was denn geschehen ist. Sie antwortete immer wieder: „Ich weiß es nicht, ich weiß es nicht, ich kann mich an nichts erinnern".

So langsam dämmerte es bei mir, was hier gelaufen sein könnte. Ihre letzte Erinnerung war, dass sie ein Glas Wein getrunken hat und ein zweites ablehnte, weil ihr schlecht wurde. Danach gab es nichts mehr, an das sie sich erinnern konnte. Für mich war der Fall eindeutig klar, Aber ich konnte zunächst Frau Hoffman nicht davon überzeugen, sie wollte es nicht glauben. Erst Ihre Information Herr

Bergner, über die beiden anderen Fälle, haben hoffentlich die letzten Zweifel beseitigt. Was dann weiter geschah, habe ich Ihnen schon vorhin geschildert".

„Wollen Sie dazu noch etwas sagen, Frau Hoffman"?

„Zur Sache selbst kann ich nichts ergänzen. Aber ich möchte mich entschuldigen, dass ich Ihnen gegenüber geschwiegen habe, ich wollte damit Herrn Weber schützen, der mir zu Liebe sich in Schwierigkeiten gebracht hat".

„Ich danke Ihnen Beiden, dass Sie freiwillig den Weg zu mir gefunden haben. Die erweiterte Version widerspricht nicht der protokollierten Aussage. Ich kann sie auf meine persönliche Information beschränken.

Bei der Körperverletzung mit Todesfolge, hoffe ich für Sie auf eine milde Bestrafung. Sie müssen aber damit rechnen, wegen unterlassener Hilfeleistung auch angeklagt zu werden. Man wird Ihnen vorwerfen, dass bei Ihrer Hilfe Herr Rüter noch leben könnte. Ob das aber für die Nachwelt besser gewesen wäre, das steht auf einem anderen Blatt. Aber bitte, vergessen Sie diese Bemerkung".

Dienstag, 17. Oktober

Mit dem Geständnis von Herrn Weber hatte Mark Bergner seine Todesfälle aufgeklärt, er konnte seine Ermittlungen abschließen. Aber es interessierte ihn doch noch, was aus seinem Verdacht auf Baumanipulation geworden war. So rief er seine Kollegen aus der Abteilung Wirtschaftskriminalität an.

Hier wurde ihm bestätigt, dass er mit seinem Verdacht richtig gelegen habe. Sie hätten mit einem Durchsuchungsbefehl alle betreffenden Unterlagen beschlagnahmt, sowohl bei der Firma Rüter als auch bei der Kläranlage. Die Überprüfung würde noch einige Zeit dauern, aber sie hätten schon wesentliche Details feststellen können.

Ermittlungen bei Wirtschaftsvergehen waren zwar nicht die Aufgaben von Bergner, aber er war neugierig, wie das in der Praxis aussieht. Er hatte sich ja schon zwangsläufig damit befassen müssen und sich auch Informationen von seinem Bekannten geben lassen. Er unterbricht das Telefongespräch und besucht seine Kollegen.

Auch sie hatten in den Bauakten zunächst nichts Auffälliges feststellen können. Sogar das Betriebsergebnis der letzten Baustelle sah ganz normal aus, es zeigte nur einen sehr geringen Gewinn. Rüter war wohl sehr geschickt vorgegangen. Sie mussten erst tief in die Details einsteigen und da wurden sie fündig. Das Betriebsergebnis war künstlich verschlechtert worden, sie fanden hier Buchungen aus anderen Baumaßnahmen. Das war allerdings noch kein großer Fortschritt. Aus der Abrechnung des Kläranlagenbaus konnten sie nichts entnehmen, die bestand nur aus einer Summe, entsprechend dem Pauschalauftrag.

Sie konnten jetzt nur noch bei der Kläranlage selbst feststellen, ob die tatsächlich erbrachten Leistungen mit den Leistungsbeschreibungen der Ausschreibung übereinstimmen. Sie fanden auch bald solche Abweichungen, wie zum Beispiel Anstriche statt aufwendiger Beschichtung oder Fliesenbeläge. Aber die machten jeweils keine großen Beträge aus. Erst nach einem sehr intensiven Befragen des Klärwärters erhöhte sich die gesuchte Summe.

Entgegen der Ausschreibung hatte die Kläranlage die Strom- und Wasserkosten übernommen und auch Räume für die Mannschaftsunterkünfte zur Verfügung gestellt. Und an erhebliche Tagelohnarbeiten konnte sich der Klärwärter ebenfalls nicht erinnern. Aus den Rechnungen konnten sie noch herausfinden, dass die ausgeschriebene Anschlussleitung nicht gebaut worden ist. Der Klärwärter bestätigte, dass der Anschluss schon vorhanden war. Das alles zusammen ergab in etwa den Betrag, den Rüter mit dem Pauschalangebot nachlassen konnte.

Bergner ist erstaunt, wie auch technische Ermittlungen so kompliziert sein können und war froh, dass es dafür Experten gab. Was für Folgen das für die Betroffenen haben wird, will Bergner jetzt wissen. Der Fall sei noch nicht abgeschlossen, erklären die Kollegen, sie müssten sich die vorhergehenden Bauaufträge von Rüter noch ansehen. Da die beiden Chefs tot sind, ginge es um die Verantwortung des Bauleiters und des Buchhalters, beide würden sie verklagen.

Die Ermittlungen im Zusammenhang mit dem Privatbau von Freund, hätten sie aber abgeschlossen. Für die vermutete Bestechung gäbe es keine Beweise. Sie wären zwar weiterhin davon überzeugt, dass Freund das Eigenkapital von Rüter erhalten hat, sie könnten aber nicht ausschließen, dass Freund den Betrag doch erspart oder im Lotto gewonnen hat. Beide Verdächtigen wären ohnehin nicht mehr zu belangen.

Donnerstag, 19. Oktober

Mark Bergner musste noch einige Male an die Firma Rüter denken, die Verfahren gegen Herrn Kreuz und Herrn Dreher waren noch nicht beendet. Er musste sich darum nicht mehr kümmern, aber das Ergebnis interessierte schon. Er hatte ja wesentlich dazu beigetragen, dass die Manipulationen aufgedeckt wurden, und nahm sich vor, in zwei bis drei Wochen bei seinen Kollegen sich noch einmal zu informieren.

Völlig unerwartet, meldet sich die Tochter von Herrn Freund bei ihm an.

„Bitte, Herr Bergner, ich brauche noch einmal Ihre Hilfe" überfällt sie ihn.

„Tut mir leid, aber ich habe den Fall abgeschlossen und ich will mich auch nicht wieder damit beschäftigen" wiegelt Bergner ab.

„Dafür habe ich ja Verständnis, aber hören Sie mich trotzdem erst einmal an, vielleicht ist das auch für Sie interessant"

„Nun gut, ich höre zu".

„Das Haus meines Vaters ist zwar zum Verkauf freigegeben, aber ich erbe nur die Hälfte davon".

„Dann hatten Sie doch noch Geschwister?" fragt Bergner vorwurfsvoll.

„Nein, das ist ja eben das Seltsame, die andere Hälfte gehört einer Frau Beate Müller, die ich überhaupt nicht kenne. Auch hat mein Vater diese Frau nie erwähnt. Und nun soll er ihr vor einigen Monaten notariell, das halbe Haus übertragen haben".

„Dann haben Sie eben Pech gehabt, aber haben Sie das auch schon überprüft?"

„Ja, habe ich. Ich war schon bei dem Notar und der konnte mir das nur bestätigen".

„Dann müssen Sie sich wohl damit abfinden, ich kann Ihnen nicht helfen".

„Das verstehe ich, aber es geht noch weiter und das, hoffe ich, müsste Sie interessieren".

„Da bin ich aber gespannt" erwidert Bergner sehr skeptisch.

„Ich habe schon meine Gründe, warum ich zu Ihnen gekommen bin. Wie beurteilen Sie Folgendes: Mein Vater hatte zum 5. September mit seinem Notar für 11 Uhr einen Termin vereinbart, einen Tag vorher wurde er tot aufgefunden. Kann das nur ein Zufall sein?"

Jetzt wird Bergner sehr aufmerksam. Für ihn gibt es solche Zufälle nicht, wenigstens nicht, solange er das nicht selbst überprüft hat. So war sie mit ihrem Verdacht bei Bergner an der richtigen Adresse. Und der musste nicht lange überlegen. Sein Jagdinstinkt sagt ihm, dass hier etwas zu ermitteln ist. Er entschuldigt

sich, dass er zunächst so abweisend war und
sichert jetzt aber seine schnelle Hilfe zu.

Als Bergner wieder allein ist, versucht er seine
Ermittlungen im Zusammenhang mit dem Tod
von Herrn Freund noch einmal gedanklich zu
überprüfen. Gab es irgendwelche Anzeichen,
die er nicht erklären konnte? Wen könnte er
verdächtigen?
Nach den Untersuchungen gab es keine Fremdeinwirkung. Aber muss jede Fremdeinwirkung auch Spuren hinterlassen? Ihm fielen
dazu nur zwei Ereignisse ein, bei denen er
ansetzen könnte. Das war einmal sein Gefühl
bei der Vernehmung von Frau Müller, das sie
Wichtiges verschwiegen hat, und zweitens,
dass ein Mitarbeiter der Kläranlage ihn bei der
Befragung schroff abwies und auf Frau Müller
verwies. Wollte dieser Mitarbeiter von sich
ablenken, wollte er nicht weiter ausgefragt
werden? Bergner beschloss, hier noch einmal
nachzuhaken.

Montag, 23. Oktober

Montag früh fährt Mark Bergner von zu Hause direkt zur Kläranlage. Es gelingt ihm, den besagten Mitarbeiter auf zu treiben und bittet ihn nach draußen auf das Kläranlagengelände zu kommen. Nur widerwillig folgt er Bergner nach draußen.

„Ich habe einige Fragen an Sie und ich hoffe, dass Sie hier unter vier Augen, bereitwilliger antworten als bei unserer ersten Begegnung. Wie lange arbeiten Sie schon hier?" beginnt Bergner das Gespräch.

„Ich bin hier seit über 10 Jahre".

„Und sind Sie mit Ihrer Arbeit zufrieden?"

Misstrauisch schaut er Bergner an:

„Worauf wollen Sie hinaus, wieso interessiert Sie das?"

„Nun, wenn man 10 Jahre bei einer Firma ist, arbeitet man sich auch hoch, und wenn das nicht klappt, wird man unzufrieden".

Instinktiv hatte Bergner wohl seine Schwachstelle getroffen.

„Ach so, wenn Sie das meinen, ja, ich bin schon unzufrieden. Immerhin war ich mal erster Mann hier auf der Kläranlage".

„Warum sind Sie es jetzt nicht mehr?"

„Weil mir ein neuer vor die Nase gesetzt wurde, einer mit wenig Erfahrung, aber mit einem Meisterbrief".

„Und damit können Sie sich nicht abfinden?"

„Doch schon, was bleibt mir anders übrig, aber" der Mitarbeiter will jetzt nicht weiter sprechen.

„Aber was ärgert Sie noch mehr?" versucht Bergner ihn fest zu nageln. Der Mitarbeiter blockt zunächst ab, aber sein Ärger ist stärker:

„Nun gut, was mich besonders ärgert, ist, dass Frau Müller auf diesen Typen hereingefallen ist, obwohl sie mit unserem Chef fest liiert war. Unser Chef hat deswegen das Trinken angefangen und sich zu Tode gesoffen."

Das reicht Bergner erst einmal. Der Unmut des Mitarbeiters war damit geklärt, mit dem Tod seines Chefs hatte er offensichtlich nichts zu tun. In dem neuen Zusammenhang muss Bergner wohl eher den Klärwärter verdächtigen. Aber zunächst sucht Bergner das Gespräch mit Frau Müller.

Frau Müller ist überrascht, als Bergner unangemeldet in ihr Büro kommt. Nachdem bekannt ist, dass sie ein Anspruch auf die Hälfte des Hauses hat, rechnet sie schon mit unangenehmen Besuchen. Auf den Besuch von Freunds Tochter ist sie vorbereitet. Aber mit Mark Bergner hatte sie nicht gerechnet und ist gespannt, was der jetzt von ihr will.

Bergner hält sich zunächst bedeckt und fragt sie nach dem Stand der Kläranlage, wie es jetzt weitergeht ohne den Chef. Frau Müller antwortet sehr kühl auf seine Fragen, sie traut ihm nicht. Dann wird Bergner etwas direkter:

„Warum haben Sie mir von der Übertragung des halben Hauses nichts erzählt. Angeblich haben Sie sich doch schon vor längerer Zeit von Herrn Freund getrennt. Wenn Sie ihn nicht mehr heiraten wollten, hätte er die Übertragung sicherlich schon rückgängig gemacht. Oder haben Sie mir die Trennung nur vorgemacht, aber warum?"

„Ja, Sie haben schon Recht, so richtig getrennt hatten wir uns nicht. Aber ich habe ihm erklärt, dass ich einen notorischen Trinker nicht heiraten werde. Und wenn er betrunken ist, dürfe er mich nicht mehr anrühren".

Das klingt richtig plausibel, denkt Bergner, fragt aber gezielt weiter:

„Und wann hat Herr Freund mit dem Trinken angefangen"?

„Vor ein paar Monaten, so genau weiß ich das nicht mehr".

„War es nicht so, dass Sie Herrn Freund mit dem Klärwärter betrogen haben, und er deshalb anfing zu trinken"?

Frau Müller schreckt zusammen, geht aber sofort zum Gegenangriff über:

„Das ist ja unverschämt, mir das zu unterstellen. Wer hat Ihnen das erzählt, wer will mich da verleumden? Das ist eine freche Lüge".

„Und wie war oder ist Ihr Verhältnis zu Ihrem Klärwärter nach Ihrer Meinung"? reagiert Bergner kühl. Frau Müller wird wütend:

„Was soll diese Fragerei, wollen Sie mich fertig machen? Ich möchte, dass Sie jetzt gehen".

„Also doch ein Verhältnis"? provoziert Bergner.

„Absoluter Quatsch, wir sind hier alle miteinander befreundet, mehr nicht".

„Gestatten Sie mir noch eine Frage: Kannten Sie den Notartermin von Herrn Freund am 5. September"?

„Nein, ein solcher Termin war mir nicht bekannt. War es das jetzt"?

„Für heute ja, aber ich komme sicherlich noch einmal auf Sie zurück. Vielen Dank und auf Wiedersehen".

Viel weiter kam Bergner damit nicht, jetzt war er gespannt auf den Klärwärter. In der Kläranlage wollte er ihn aber nicht mehr vernehmen und bestellte ihn für Dienstag 9 Uhr in sein Büro in Braunschweig.

Dienstag, 24. Oktober

Mehr als seinen Verdacht, dass der zeitliche Zusammenhang von dem Todestag und dem Notartermin kein Zufall war, hatte Mark Bergner immer noch nicht. Er hatte den Notar schon angerufen, aber was Herr Freund bei ihm wollte, wusste er nicht oder wollte es nicht sagen.

Bergner hatte jetzt immerhin zwei Tatmotive, die zudem bei Tötungsdelikten am häufigsten vorkamen, nämlich Geld und Liebe. Wenn Frau Müller gewusst hat, dass Herr Freund die Übertragung beim Notar rückgängig machen wollte und sie ihn nicht davon abbringen konnte, hätte sie ihn umbringen können. Aber wäre sie dazu auch in der Lage gewesen? Andererseits hält Bergner es für unwahrscheinlich, dass jemand Selbstmord verübt, wenn er zwei Tage später noch etwas Wichtiges beim Notar regeln will. Bliebe dann noch der Klärwärter, der seinen Nebenbuhler beseitigen wollte. Aber den kannte Bergner kaum, ihn musste er jetzt erst vernehmen.

Um 10 Uhr sitzen Bergner und ein Mitarbeiter dem Klärwärter gegenüber. Sein Name wird mit Walter Jäger protokolliert. Bergner informiert sich über seine Tätigkeit in der Kläranlage und kommt dann schnell zum Punkt:

„Herr Jäger, wir haben Veranlassung im To-desfall von Herrn Freund noch weiter zu er-mitteln. Uns interessiert zunächst Ihr Verhält-nis zu Frau Müller und ebenso zu Herrn Freund. Wir wissen, dass Frau Müller mit Herrn Freund eng befreundet war und später dann auch mit Ihnen. Kam es dadurch zu Aus-einandersetzungen zwischen Ihnen Dreien"?
„Wenn Sie es schon wissen, kann ich dieses komplizierte Verhältnis auch nicht leugnen. Als ich vor einem Jahr zur Kläranlage kam, habe ich mich recht bald in Frau Müller ver-liebt. Wir waren beide unverheiratet und ich meinte, dass wir gut zueinander passen wür-den. Was ich aber zunächst nicht wusste, war, dass mein Chef und Frau Müller heimlich schon ein Paar waren. Nachdem ich das mit-bekommen hatte, drängte ich Frau Müller, sich von Herrn Freund zu trennen. Aber Frau Mül-ler konnte sich nicht entscheiden. So lief es einige Zeit, bis Herr Freund uns einmal ertapp-te. Das traf meinem Chef wohl sehr hart, er begann dann sich zu betrinken".

„Und, wie ging das jetzt weiter" fordert Berg-ner Herrn Jäger auf, als er eine Pause macht.
„Nicht besonders gut" fährt Jäger fort. Mein Chef und ich gingen uns aus dem Weg, Frau Müller nutzte seine Trinksucht, um ihn körper-lich fern zu halten. Ich vermute, dass er

dadurch sein Glück im Bordell suchte, wenn er von der Firma Rüter eingeladen wurde. Trotzdem wollte sich Frau Müller nicht ganz von ihm trennen, sie fühlte sich ihm irgendwie verpflichtet. Ich weiß nicht warum, vielleicht, dass sie ihn als Chef gern mochte".

„Hat sie mit Ihnen über ihr halbes Haus gesprochen" unterbrach ihn Bergner.

„Nein, was für ein halbes Haus, ich weiß nicht, was Sie damit meinen"?

„Gut, dann lassen wir es dabei. Fahren Sie bitte fort, wie es weiter ging".

Jäger schaut Bergner ungläubig an und will mehr über das halbe Haus wissen. Aber Bergner deutet ihm an, weiter zu erzählen.

„Was weiter, es ging so weiter bis er dann tot war. Und über seinen Tod weiß ich auch nicht mehr, als Sie auch schon wissen".

„Wo waren Sie am Sonntag, den 3. September am Todestag von Herrn Freund um 20 Uhr"?

Jäger zuckt zusammen, diese Frage hat er befürchtet, jetzt wurde es brenzlig für ihn.

„An diesem Abend, hatten wir uns im Büro von Frau Müller verabredet, um von dort zum Essen zu fahren. Plötzlich stand Herr Freund im Büro, völlig betrunken. Er machte auf Chef und forderte mich auf, sofort zu verschwinden. Ich machte Frau Müller noch ein Zeichen, dass wir uns beim Essen, wie vorgesehen treffen.

Dann fuhr ich voraus zum Restaurant. Etwa eine Stunde später kam auch Frau Müller. Sie sah ziemlich mitgenommen aus und erzählte mir, sie hätte noch eine heftige Auseinandersetzung mit Herrn Freund gehabt. Sie wäre dann aber einfach weggelaufen und ihn stehen lassen."

„Kann das jemand bezeugen, dass Sie ab 20 Uhr im Restaurant waren"?

„Auf die genaue Uhrzeit kann ich mich nicht festlegen. Aber ich muss wohl vor 20 Uhr im Lokal angekommen sein, und Frau Müller etwa eine Stunde später. Das müsste die dortige Bedienung bestätigen können".

„Das werden wir schnell überprüfen. Ich bin mit Ihnen soweit fertig, aber warten Sie bitte noch nebenan, vielleicht brauche ich Sie noch".

Bergner hat das Gefühl, dass Herr Jäger die Wahrheit sagt. Jetzt kommt es auf Frau Müller an. Aber er ist besorgt, dass er ihr nichts beweisen kann, er ist von ihrer Aussage abhängig. Er musste verhindern, dass Frau Müller und Herr Jäger sich vorher abstimmen können. So ordnet er an, Frau Müller sofort von Wolfenbüttel zur Vernehmung abzuholen und ließ Herrn Jäger warten.

Nach einer guten Stunde sitzt Frau Müller im Besprechungsraum und Bergner beginnt:

„Frau Müller, Sie haben mir verschwiegen, dass Sie noch am Sonntagabend mit Herrn Freund zusammen waren. Ich weiß jetzt auch warum, Sie haben an diesem Abend Herrn Freund umgebracht und dafür habe ich auch Zeugen" blufft Mark Bergner.

Frau Müller zuckt zwar zusammen, bleibt aber wider Erwarten ruhig und gefasst.

„Wie kommen Sie denn jetzt darauf, warum hätte ich das tun sollen"?

„Das wissen Sie doch genau, Sie wollten das halbe Haus nicht verlieren. Herr Freund wollte zum Notar, um die Übertragung rückgängig zu machen".

„Dieses Argument habe ich erwartet, aber das ist doch lächerlich. Können Sie denn nicht rechnen? Sie sind wie ich doch überzeugt, dass der feine Herr Rüter die geschenkten 30.000,- Euro auf den Preis des Hauses drauf geschlagen hat. Ich bin doch nicht von gestern. Wenn heute das Haus verkauft wird, reicht das vermutlich nicht einmal für die Bankschulden. Mein „Erbschaft" werde ich daher abweisen, möge Freunds Tochter damit glücklich werden".

Bergner ist überrascht, dass Frau Müller trotz ihrer kritischen Situation, so ruhig und auch überzeugend argumentiert.

Bergner sieht ein, dass dieser Verdacht verpufft ist. Bevor er nachfassen kann, fährt Frau Müller fort:

„Also, warum sollte ich ihn umbringen? Es ist zwar richtig, dass ich wahrscheinlich der Letzte war, der ihn lebend gesehen hat. Aber ich habe ihn nicht getötet, als ich ihn verließ lebte er noch. Allerdings mache ich mir große Vorwürfe, dass ich ihn in seinem Zustand allein gelassen habe. An diesem Abend hatte er mit allen Mitteln versucht, mich zurück zu gewinnen. Er tat mir Leid und ich mochte ihn irgendwie immer noch gern. Aber ich wollte das Hin und Her beenden, ich musste mich endlich entscheiden. Und mit dieser Entscheidung wurde ich sein Mörder".

„Dann haben Sie ihn doch umgebracht"? fragt Bergner irritiert.

„Wenn Sie so wollen, ja" erwidert Frau Müller mit trauriger Stimme.

„Als ich ihm klar machte, dass ich mich endgültig für Herrn Jäger entschieden habe, schrie er mich an: „Wenn Du mich jetzt verlässt, wirst Du mein Mörder" und ich verließ ihn".

Literaturhinweise

Im Verlag BoD – Books on Demand wurden bereits folgende Bücher veröffentlicht:

Breddermann, Manfred
Arthrose, Effektive Selbstbehandlung mit der SKG-Bewegungstherapie
ISBN: 9783738644792

Breddermann, Manfred
Fit und frisch mit 80, Körperlich und geistig beweglich bleiben
ISBN: 9783738651928

Breddermann, Manfred
Magen / Darmbeschwerden, Praxis der Selbsthilfe
ISBN: 9783741251085

Breddermann, Manfred
Glauben oder Wissen, Reflexionen eines Ungläubigen zu den Grundfragen unserer Existenz
ISBN: 9783744837736

Breddermann, Manfred; Lehmann, Edith
Fühle Dich gesund und lebe, Jetzt Dein Lebensgefühl verbessern
ISBN: 9783741275616

Breddermann, Manfred
Der Fremden Kind, Von der geliebten Mutter
zur gehassten Stiefmutter
ISBN: 9783744837767

Breddermann, Manfred
Heb mal endlich Deinen Arsch und beweg
Dich Ausgleichsübungen für unsere Sitz-
gesellschaft
ISBN: 9783744872539

Breddermann, Manfred
Die Kunst der Bestechung, Die Geschäfte
und die „Püppis" meines Onkels
ISBN: 9783744848831

Breddermann, Manfred
Das Geheimnis der Brücke,
Der verschwundene Bauassessor
ISBN: 9783746012322

Breddermann, R. Luise
Augenblicke für Dich, Gedankensplitter -
Gedichte
ISBN: 9783744820479

Breddermann, R. Luise
Lebenszeit, Episoden / Kurzgeschichten aus
dem Leben gegriffen
ISBN: 9783744837774